こじらせ作家の初恋と最愛

崎谷はるひ

幻冬舎ルチル文庫

CONTENTS ✦目次✦

こじらせ作家の初恋と最愛

✦カバーデザイン＝小菅ひとみ(CoCo.Design)
✦ブックデザイン＝まるか工房

イラスト・蓮川　愛✦

こじらせ作家の初恋と最愛

「——ねえ、やっぱ納得できないんだけど、これ」

スタジオ内に響いたそのひとことに、場がしんと凍りついていた。

本物の喫茶店と見まごうばかりのセットのなか、たたずむのは、中堅ライトノベル作家、灰汁島《あくしま》セイが生み出し、十年近く書き続けている主人公、零ヶ浦宇良《ぜろがうらうら》を演じる若手俳優だ。

八郷創成《やさとそうせい》、二十三歳。芸能人に詳しくない灰汁島ですら、CMなどでよく見るレベルの人気タレント。

その主役を演じる彼が吐き捨てた言葉は、台本にある台詞《せりふ》でもなんでもなかった。

「なんか、この台詞、変。気持ち悪いから、変えたいんだけど」

「……きもちわるい」

言葉のインパクトに、思わず灰汁島が復唱する。とたん場の緊張感は否応《いやおう》なしに高まった。

なにが起きたのかいまひとつ理解できないままでいると、いらだちを含んだ声に追撃される。

「ねえちょっと、訊《き》いてるんだけど?」

(あ、ぼくにですか、これ)

ようやく、険のある声の矛先がおのれだということを理解し、灰汁島は静かに困惑した。

ドラマのシナリオは脚本家、演出は監督の采配によるものだ。それにGOサインを出したのは制作会社。こちらに振られても、そもそも答えていいのかすらわからない。

「——待て、ストップ！　止めて、ぜんぶ止めて！」

このドラマの監督、吉兆平治《きっちょうへいじ》が声を張りあげ、両手を振ったのちに大きくバツを作った。額に青筋を立てた彼は、大股で八郷へと近づきながら怒鳴る。

「八郷、先生になに言ってるんだ！」

「なにって、だからこの台詞が——」

八郷は引かず、撮影が止まり、監督と主役は言いあいをはじめた。現場の空気は悪くなり、その場には剣呑《けんのん》なざわめきが広がっていく。

『どうなってんのこれ』

『本番前もごねてたよな……』

正直、これが現実だと思いたくない。お手あげ状態になった灰汁島は、天井を見あげた。鉄骨に組まれたライトがやたらまぶしい。

（……はじめてのドラマ撮影を見学に来たら、主演俳優にディスられてるのだが）

思わずネットのSSタイトルふうに、明白なモノローグを浮かべてしまうのは職業病というか、オタクのサガと言うべきか。

そうして現実逃避している間にも、主役と監督の言いあいはエスカレートする。

「さっきさんざん話しただろうそれは！」

「だから納得してないってば！」

「ちょっと、ちょっとやめなさい八郷くん、どうしたのっ」

「参河《みかわ》さん、だって気持ち悪いんだよ。吉兆さんは話したって言うけど、おれは納得してない」

怒鳴りあいにマネージャーも参戦してきて、カオスは深まった。耳を塞《ふさ》ぎたいが、周囲の、なにかを期待する視線が灰汁島に集中するのに気がついてしまう。

（いや、そんな目で見られても……）

ちら、ちら、とうかがうだけで特にどうしろとは言われない。が、プレッシャーはひどい。

じっさい灰汁島にはどうすることもできないのだが、隣で一緒に見学していた担当編集からは、大変好戦的なオーラがほとばしっていて一触即発の気配であるし、制作会社の担当はといえば、真っ青な顔で倒れそうだ。

「せ、先生、あの」

灰汁島は全身に冷や汗をかいた。なんとかしろという圧が、場の全体からかけられているが、灰汁島だってなんとかしてほしい。できるならコッチ見ないでと叫んでうずくまりたい。

（でも監督がヒートアップしてるし、主役はああだし）

ここの空間でもっとも発言力のあるふたりがバトル状態だ。そこに物申せる立場の人間はたしかに灰汁島しかいない。いないけれど、どうにかするしかないいんだろうか。

（ぼくが？　こんな緊迫した状態で、何十人もいる業界関係者のまえで？）

端っこで壁になって見学だけして帰るつもりだったのに、どうしてこうなった。

灰汁島は観念して、空に飛ばしていた視線を現実に戻し、盛大にため息をつく。そして泣きたいような気分をこらえ、膠着《こうちゃく》した事態を動かす一助として、口を開いた。

きりっとした表情に、制作の男性はほっと息をつき、期待するような目で見あげてきた。

しかし、ここにいるのは灰汁島だ。なにか言葉を発したとして、事態がよくなる保証なんて、ひとつもないのだ。

「……これもう、見てる意味ないですよね。ぼく撤退したら、なにか迷惑になります？」

言った瞬間、八郷のそれどころではなく場が凍ったのを感じた。

ぼく、なにかやっちゃいました？　といっそ言いたいけれど、そこまで空気が読めないわけでもないのがつらい。

（ああ、やっぱりほんとに、こういうの向いてないな）

引きこもって文章だけねちねちこねまわしていたいのに、どうしてこうなった。

灰汁島はぼんやりと、焦点のずれた目でドラマのセットを眺め続けていた。

＊　＊　＊

灰汁島セイは、オタクに好かれるタイプのオタク系作家である。

作風は多弁で饒舌《じょうぜつ》、クセの強いキャラクターをクセの強い文章で綴《つづ》る、一種独特かつ怒濤《どとう》の語り口で、一部の読者からは『語彙《ごい》力で殴ってくる』と言われるほどだ。

ひるがえって、本人のキャラクターはといえば、SNSなどでの根暗で気弱な発言から、『弱キャラ先生』などと揶揄《やゆ》されることもある。

一時期は過去の担当編集とのトラブルから希死念慮を匂わせ、入り浸っていたSNSのログを一括削除するなど、炎上騒ぎを起こしたこともあった。じっさいギリギリの状態だったわけだが、ありがたいことにメイン出版社の現担当に保護され、事なきを得た。

その後は心機一転、真摯に仕事にいそしんでいた甲斐《かい》あってか、はたまた禍福はあざなえる縄のごとしというやつか。

アニメ化された初期代表作のファンタジー『ヴィヴリオ・マギアスとはぐれた龍《りゅう》の仔《こ》』、略して『ヴィマ龍』は、好評のまま放送を終え、順当に二期も制作決定。

スマッシュヒットしたこの作品のおかげで、灰汁島の人生においてはコペルニクス的転回を起こすような出会いがあったわけだが、いまは割愛。

その後は『ヴィマ龍』に続けとばかり、灰汁島のもとに映像系のメディアミックス案件が次々と舞いこむようになった。大手から名も知らぬ制作会社までさまざまらしいが、対応は版権を保持する出版社各社に任せていた。なかには怪しい詐欺まがいの案件も来るそうだが、灰汁島の耳に届くことなく対処してくれているので、詳細はあまり知らない。

とりもなおさず、灰汁島の耳にはいってくるとなれば、出版社がGOを出してかまわないと判断した、ということだ。

灰汁島の代表作のひとつである、現代設定のライトミステリ『珈琲《コーヒー》探偵・零ヶ浦宇良の事件簿』――ドラマ化の打診が、それである。


「……どうしても、ですか?」

「で、できることなら、ですね」

いつもの近所の喫茶店『うみねこ亭』で、いつもの打ち合わせに出向いてくれた早坂《はやさか》は、いつもどおりにっこりと微笑《ほほえ》んだ。

笑顔が直視できないまま、灰汁島はテーブルに置かれた、A4用紙に横書きでまとめられた企画書のタイトルを眺める。【関係者外秘】と赤い太枠で囲われた文字が否応なしに目にはいってくる。

だいぶまえ――アニメ化の際にもこんな感じの書類を目にしたなあ、と、灰汁島は遠い目になる。そしてそのときよりも、話が大きい気がするなあ、とも思った。

「ドラマ、配信企画、とか、読めますけども」

「何度読んでも同じ文字ですよ。っていうか事前にPDF送ってるでしょう」

「いただきましたけども……」

瞼《まぶた》が痙攣《けいれん》しそうになる。眼瞼《がんけん》ミオキミアとかいうやつだ。強いストレスで起こる神経の誤作動。相変わらず弱い自分にもうんざりする。

アニメだけでも手に余ったのにドラマ化。灰汁島は頭を抱えた。筋金入りのマイナス思考とダウナーさを持っているのだ。成功の予感より、失敗の悪寒に震えあがるタイプなのだ。

とはいえ現在の環境は、なにも悪いものではない。むしろ理解者には恵まれている。

「毎度ながらの反応ですねえ、灰汁島さん」

どんよりする灰汁島に対し、早坂はまったく動じない。

あっさりした単色のカットソーとジャケットというカジュアルないでたち、小柄で身長も灰汁島より二十センチ近く低く、実年齢を知らなければ新卒かと見まごう童顔。穏やかで溌《はっ》剌《らつ》としてやさしげに見える。いや、じっさいに彼はとても、やさしいひとだ。

しかし仕事が絡むと、いささか違う顔を見せる。熱心で誠実だが、こうと決めたことにはとてつもなくあきらめが悪く、執拗《しつよう》で、粘り腰になる。

それが灰汁島の望むところと合致しないことも、ままあるわけだ。作家と出版社編集、ものづくりの仲間でもあると同時に、どうあっても利害や方針が相反することもある。

早坂はそれでも、相当に作家に寄り添ってくれているほうだけれど。

（でも、ドラマって。実写って）

それはあかんやつやないか。謎のエセ関西弁が脳内をかけめぐる。

人間は、成長する生きものだ。たとえどれほどひとづきあいが苦手で、極力外に出なくてもかまわないモノカキを生業《なりわい》としていたとしても、大人として、社会人として、最低限外面を取り繕わなければならないときはある。

同時に、その外面を放り投げてでも、言うべきことを言わねばならないときも、ある。

「あの、これ、ことわっ……」

「本心から断りたいなら、断ってもかまいませんよ」

にこ！　と強い笑顔で早坂が言った。灰汁島は一瞬で口を閉じ、言うべきことに蓋《ふた》をした。

なにが怖いといえば、早坂のこの言葉がまごうかたなき本心だからだ。

ドラマ化。ビッグプロジェクト。アニメ化に一度関わっただけにわかる。映像関連のメディアミックスは大きなお金も動くし、ひとも動く。版権使用料としての実入りは正直、びっくりするくらい少なかったりするけれど、逆に広告的な費用対効果を考えればけっこうなものだ。原作の重版はいっせいにかかるし、フェアも打たれて既刊も動くし、おこぼれでシリーズ外の作品だって売れたりもする。

ふつうの担当編集なら、まず絶対に「受けろ」と言うだろう。あの手この手で説得だってするだろう。けれど早坂は、これは間違いなく絶対に、灰汁島の意思を尊重してくれてしまう。たとえそれで売上げを逃そうと、上層部から叱責されようと、なんだろうと。

重々、承知のうえで、灰汁島の本音はこうだ。

(正直こわい、やりたくない……)

灰汁島は、基本的に自分は内向的だが自己中心的な性質だという自覚がある。本音を言えばそんな大人の責任なんて、三十をすぎたいまもって取りたいわけがない。

先日、そこそこヒットとなった自著のアニメ化だって、たまたま制作スタッフが美麗に仕上げてくれたから、ヒットしたのだ。つまりは原作の実力以上の評価を受けている。

いまだに正直、荷が重いというのに、大手出版社の白鳳書房《はくほうしょぼう》に来た案件。企画書にある制作は、海外資本のネット動画配信サイト。制作を手がけた作品は、ドラマ・アニメともに世界的ヒット作が数多《あまた》ある大手だ。

(そんな大きな案件で、ぼくの話の実写化?)

俳優が演じるにせよ、二・五次元舞台なら、まだよかった。あれらはまだ、コア層がターゲットな灰汁島の――オタクのフィールドにあるエンタメだからだ。

しかしドラマは、未知数。どんな大手が手がけたところで失敗するときは失敗する。そして灰汁島は常に最悪を想像するタチだ。

こと原作つきは、いまだに厳しい目で見られることが多い。ドラマがこけて、ネットで散散な評価をされ、しおしおになる自分を想像して震えてしまう。

走って逃げたい。企画書も見なかったことにしたいとすら思う。

それでも、かつて自分の自暴自棄とわがままと原稿の遅延が要因で、胃に穴をあけ血を吐かせてしまった担当編集に、NOと言うのは——むずかしい。

灰汁島はうなだれ、あるいは天を仰いでうなり、そうして観念のため息をついた。

「……早坂さんに言われたら、断れないですよ……」

「ふふ。はい、そう来ると思いました！」

「ええ……嘘《うそ》でしょ」

早坂からは、さらなる笑顔が返ってきた。なんだかもう、内心の忖度《そんたく》すら見抜かれての「断っていい」だったのだろうかと穿《うが》った考えすら浮かんでくる。

「なんだかんだ、灰汁島さんはやる男ですからね！」

「やめてください、そういうプレッシャーは」

どちらであったにせよ、結果は同じだ。自分は「是」と答えたのだから。あきらめのため息をついて、灰汁島は手元にある資料に目を落とした。

「……また、顔ださないとだめですか？　取材とか」

「苦手ですもんね。大丈夫、そこは最低限にしますよ」

ということは、ゼロではないわけか。思わず顔に出た灰汁島に、早坂が苦笑する。調整を任せる彼には悪いと思うが、それでも、苦手なものは苦手なのだ。

そもそも灰汁島はいい歳《とし》をして、社会性自体がろくに育っていないし鍛えられてもいない。大学在学中にネットにアップしていた小説を拾われての作家デビュー。卒業後に二年ほど、会社員をやった経験もあるけれど、新卒からブラック気味の会社と作家の兼業は、かなり無茶だった。まんまと身体《からだ》を壊しかけて作家一本に絞った結果、一般社会人として学ぶべきことを学ぶまえに引きこもりになってしまった。

デビュー後についた編集からの扱いがひどかったのも、灰汁島の人見知り——というには重度の社交不安に、拍車をかけてしまったところもある。

雑誌の特集に、業界のつきあいに、と顔出しを強要され、やらないと心証が悪くなると言われた。文章を売るために顔を売るのはなぜなのか問うても「いまはそれが必須だ」という以外に納得する答えはもらえない。あげくにホストまがいの接待要員扱いなど、いろいろトラウマになる事態もあって、一時期の記憶は、いまだに思い出せないでいるほどだ。

そうして作家としても人としても終わりかけた灰汁島だったが、ありがたいことに、必死になって助力してくれた早坂や、周囲のひとびと、そして人生初の恋人となった相手のおかげで、なんとか持ち直し、いまがある。

だからこそ、彼らの期待にできるだけ応えたいとは思う。でも自信はない。でも……。

灰汁島の逡巡《しゅんじゅん》を見越したように、早坂が言った。

「安心してください、今回は雑誌の顔出しインタビューとか撮り下ろし写真とかも、いまのところ予定はないです」

写真が使われたとしても、宣材として使い回されているちいさなプロフィール写真が載る程度だろうと早坂は言った。

「ほ、本当に？」

「はい。嘘は言いませんし、あとだしもないですよ」

上目遣いになる灰汁島へ、早坂は安心させるかのように、うなずいてみせた。

顔だし取材に多大なストレスを感じる灰汁島を、早坂もよく知っている。そのため極力、ドラマ化に関連する雑多なあれこれ――主に本人露出について、関わらないですむよう計らうと、約束してくれた。

「ただ、やはり一度くらいは現場に顔だしておいたほうがいいんじゃないかと」

「現場」

うぐっと、灰汁島は顔を引きつらせた。早坂は「怖くないですから」と苦笑する。

「やっぱりねえ、『顔が見える』ことに安心感を覚えることもあるようで……意外とあちらも、原作者さんの意向って気にしたりしますから」

「そ、そういうものですか」

メディアミックスは二度目、とはいえ、アニメとドラマで勝手はかなり違う。

単純に収録ひとつとったところで、灰汁島の立ち会い経験は特典のドラマCDのみ。メイン声優が五人ほど、スタッフも音響監督とミキサー、アシスタントと、総勢十人ちょっとの現場だった。

対して、撮影スタジオにセットを組んでのドラマとなれば、動く人数が十倍近いはずだ。主演共演にそれぞれのマネージャー、監督に助監督、音響、美術、エトセトラ。

もちろんアニメも作画班をいれればそれと同等、場合によってはさらなる人数が必須ではあるが、灰汁島が顔をだす場に一堂に会することはさほどないままだった。

(なのに、いきなりドラマの撮影現場って)

人見知りで陰キャを自認する灰汁島にとって、芸能界に属するひとびとが大量にいる場へ足を踏み入れるなど、もはや恐怖でしかない。たとえアニメ化をきっかけとして、そちらの世界にいる恋人ができたり、その関連から幾人かの声優や舞台俳優らとつながりを持ったりできたとはいえ、今回はまったく新しい現場だ。

なにが起きるかわからない。陰キャの自分がパリピの頂点である――偏見もいいところである――芸能人や業界人のひしめく場所に行って無事でいられると思えない。

「げ、現場行って、なにするんです……?」

「ほとんど見学ですよ。むしろ、皆さん忙しいからろくに話す暇ないと思います」

「そうなんですか？」

「はい。まだサブ担当だったころですけど、神堂《しんどう》先生原作のドラマ撮影でお邪魔したことあって。ほんとに、撮影の合間にちょこちょこっと、主演の方とか監督に挨拶して、名刺渡して……五分も話せたかどうか」

神堂風威《ふうい》は、早坂の担当するベストセラー作家だ。ホラーミステリーの著作のうち、いくつかの作品が映画やドラマになっている。灰汁島も好きで全作読んでいる。どの作品かな、と脳内で書影を浮かべつつ、希望の持てる話に身を乗り出した。

「それ、神堂先生は現場には？　たしか、ものすごいメディア嫌いですよね」

「いやあ、お察しの通りです。あの先生、灰汁島さんどころじゃない引きこもりなんで……当時のメイン担当の上長、仲井《なかい》と、おれとふたりで行きました」

「あっ、仲井さん」

天才ホラー作家を見いだし、デビューさせたという仲井は現在、編集部の局長で、ほぼ現場仕事はないそうだ。自身がデビューさせた神堂に関してだけは、でていくのだという。

早坂に聞いたところ、当時はライトノベル専門だった灰汁島にいちはやく「文芸作品を書かせてはどうか」と言ってくれたのも仲井だったそうだ。パーティーで一度挨拶した程度だが、灰汁島としてはありがたく感じている。

「まあそんな感じで、作者本人が来てなくても特に問題ないですから、気楽に」

「あ……じゃあ、それくらいなら」

「オッケーですか？　よかった」

早坂は、少しほっとしたようだった。灰汁島がもっとごねると思っていたのかもしれない。

なんだかんだ心労をかけ、申し訳ない気持ちになる。

「撮影現場もなかなか見られるものじゃないですし、取材がてら見に行くのもいいですよ。

監修も最低限で、仕事量もそこまで増えないかと」

ただし円盤化などがあった場合に特典の協力は仰ぐかもしれないと言われ、それはまあ、
と灰汁島もうなずいた。

「早坂さんがそう言うなら……はい。わかりました」

ひとまずの了承を得て早坂も顔をゆるめ、そして苦笑した。

「そこまで心配しなくても、ドラマ化って、原作者そこまで絡みませんよ」

「そうなんですか？『ヴィマ龍』のとき、かなり引っ張り出されたけど」

メディア化の経験自体が浅い灰汁島は目をまるくするが、早坂はなにかを思い出すように、
きょろりと大きな目を動かした。

「あのときはホラ……なにより主演がね」

肩をすくめられ、灰汁島も「あー……」と苦笑ともつかない顔でうなずくしかない。

「イサくんは、ね……すごかったから……」

「そう、とにかく大ファンでいらしたので、使わない手はないっていう」

瓜生衣沙《うりゅういさ》。現在、二・五次元舞台をメインとしつつ、テレビドラマに映画、バラエティと幅広く活躍中の若手俳優。灰汁島作品初の映像化メディアミックス『ヴィヴリオ・マギアスとはぐれた龍の仔』において、主人公である魔術師『カタラ』の声をあてた彼は、高校生のころに灰汁島の作品と出会い、十年来のファンであることは各所で有名だ。

そして、これは世間にオープンにしていない事実だが、灰汁島の各種SNSへ、個人アカウントでフォロワーとして長く居ついており、ネット名『孤狐《こぎつね》』として古参のファンの間では知られた存在だったりする。

現場で顔をあわせるまで、灰汁島はそんなことはつゆ知らず、「有名俳優さんなんだなあ」くらいの認識しかしていなかった。灰汁島や早坂といった原作者サイドが変な忖度をしてもいけないからと、キャストオーディション応募時のプロフィールだとか、音声デモを聞かせる際の添付資料にも、それらの情報は伏せられていた。

もちろんアニメ化が発表されるまではすべてが関係者外秘、瓜生も事実を漏らすまいと、主役決定の報を受けてから公式発表になるまで、本人のSNSやブログの更新すべてを休んだほどだったらしい。

「瓜生さん、めちゃくちゃ頑張って黙ってたぶんだけ、決まったあとにワッショイ状態だったみたいで。だから初顔合わせのとき、テンパっちゃったようで」

「そうでしたね……」

出会いの、こちらが引く勢いでファンとして愛を語り尽くしていた彼を思いだし、灰汁島は遠い目になる。プライベートでも親しく——あまりひとに言えないレベルでものすごく親しくなったいまでも、そのテンションは大差がないままだ。

「この間は、ぼく専用の『祭壇』がまた派手になってました……」

「インスタにあげてましたね、見ました」

思いだし笑いをこらえつつ、早坂が「あれはすごい」とうなずく。

「全国放送でファンだって公言しちゃいましたからねえ。ファンも皆、気を利かせてるというか、瓜生さんあてのプレゼントはほぼ、灰汁島作品関連グッズらしいですね」

うちの会社にも「転送してくれ」と、瓜生さん宛にグッズや手紙が届きます、と早坂はにっこり笑った。

「まあそんなわけで、あれはちょっと特例でしたけど。同じメディア化でも、実写班はまたちょっと……っていうかかなり、スタンスとか毛色が違いますので」

「そんなに違いますか」

灰汁島の問いに、早坂は「別物と考えていいです」とうなずく。

「アニメは、ドラマCDとかの流れもあったりして、作家本人が立ち会いしたり、脚本に意見したり手をいれるといったことも、なくはないんですよね。あくまで作品主体。でも実写の映像はもっとなんというか……プロダクション主体の企画といった雰囲気、というか」

まずはキャスティングありきなものもある、という話なのだと、早坂は声をひそめた。

「大変にぶっちゃけた話をしてしまえば、原作とは名ばかりの話も、なくはないので」

「あ、たしかに」

灰汁島も原作作品が好きで、楽しみにしていた放映をいざ見てみたら、主人公の性別が変わっていたうえ、エピソードのどれをとってもかすってすらいないオリジナル展開で、職業設定とタイトルだけが合致していたようなドラマに覚えがある。

「原作サイドと制作サイドの方向性のすりあわせに難航するということもあったりしますけどね」

「それはそれで、想像がつきます。というかよく、コミカライズとかでも揉《も》めた話聞くし」

ノベライズやコミカライズなどで揉めるのも、よくある話だ。原作を翻案して別のものに作り替える以上、クリエイター同士の相性はどうしてもある。

灰汁島もいくつかコミカライズしてもらった作品があるが、構成にしろアレンジにしろ、基本は相手にお任せすることにしている。あまりに改変がひどい場合は口を出しもするだろうが、幸いなことに組んだ漫画家は皆、いい仕事をしてくれた。

「マンガにしろアニメにしろ実写映像にしろ、最終的に、原作とそこからの派生作品とは、けっきょく違うものですし。餅は餅屋ですから」

だから、そこからさきは信じて委ねるしかないのだ。灰汁島の仕事は『小説』を仕上げたところで完了しているのだから。

「灰汁島さんみたいに、こちらに預けてくれるひとばかりなら助かるんですが……この手の話はややこしいので」

なにを思いだしたのか、早坂がため息をついた。いやな予感を覚え、灰汁島は顎を引く。

「……えっと、つまり、今回のも……？」

企画段階のこの話も、単なるネタ扱いになる可能性はあるのだろうか。苦い顔になった灰汁島へ「いえいえいえ！」と早坂は慌てたように手を振った。

「すみません、おれの言葉が悪かったですね。昨今ではさすがにそういうのは聞かないです。むしろ二・五次元の流行も相まって実写映像化は解像度あがってますし、むろん尺の問題での改変はありますけど、原作を蔑《ないがし》ろにするとファンが怖いご時世なんで」

「SNSの実写化嫌いムーブメントは、ある種の定番ですからねえ」

それもこれも過去に、ファンを踏みにじるような作品ができてしまったこともあるのだろう。ただ、酷評された作品のなかには、カルト的に一部に人気の作品もあるので、一概に不出来とは言いきれないが。

「ともかく。今回の案件は、監督がかなり灰汁島作品を読みこんでくれてまして。もともとは『ヴィマ龍』のアニメと、CMを見たのがきっかけだそうで」

アニメ放映時のCMでは、灰汁島の既刊がシリーズ外のものまで全作、宣伝されていた。文庫の挿絵を静止画アニメーションにして声優の声をつけ、ボイスコミックのような映像が流れたのだが、そのひとつに『珈琲探偵・零ヶ浦宇良の事件簿』があった。

「気になって珈琲探偵シリーズをひととおり読んでくださって、これは素晴らしい、是非、自分が映像化してみたいと思ったと——このくだり、企画書にありますけどね？」

「……はあ、まあ、それは、ありがたいです。はい」

読んでないな、と早坂に目を細められ、ぺらりとめくった企画書。束ねられた紙の内容は、一応目を通してはいる。薄目の、ナナメ読みだけれども。

（テンションあげてくれようとしてくれてるのに、すみません）

けっきょくのところ、灰汁島はメディア化というものについてそこまで多大な期待をしていない。これはなにも冷笑的になっているわけではなく、過去の経験に基づくものだ。

マンガや小説など、ほぼひとりの頭のなかだけで物語世界が作られるものとは違い、映像作品はとにかく関わる人間が多い。さらに、制作にかかるお金も言葉どおりケタ違い。船頭多くしてナントヤラ、いろんな思惑やいろんなしがらみのうえで作られるのだ。

原作とは名ばかりの企画を例にあげるまでもなく、灰汁島のような木っ端作家のメディア化など、ストレートにいくほうが奇跡だ。

じっさい『ヴィマ龍』アニメ化の、いちばん最初の企画はそれで流れた。塩漬けだったそれを掘り返し、放映までこぎつけたのは、ひとえに早坂の頑張り、製作会社側が乗り気だったこと、シナリオライターの解釈のうまさ、作画班の技術、劇伴音楽の完成度、そして主演を熱意ある瓜生がつとめたことなど、いろんな要素が絡みあっての話だ。

だから知っている。『うつくしい奇跡』とでもいうものは、そうそう起きることではない。

だから、灰汁島の最終的な本音は、身も蓋もないものになる。

原作でもなんでも、好きに料理してください。灰汁島《じぶん》セイという存在を、表にださないでいいのであれば。——これに尽きる。

(神堂先生、うらやましいなあ)

神堂の容貌は、世間の目にいっさいさらされていない。それどころか詳細な年齢、性別、経歴などのプロフィールも不明。ごく一時期は受賞パーティーや映画撮影現場に顔を出していたとも言われるが、写真もなにも残っておらず、噂《うわさ》の域を出ない。

むろん、十代でのデビュー以来『怪童』と呼ばれたビッグヒッター、賞持ちの文芸作家と、スマッシュヒットがやっとこさのネット出身ラノベ作家では、比較にならないのは自明だ。

また、神堂に関してはそういう主張がとおる時代の作家だった、と言ってしまえばそれまでの部分もある。十五年ほどまえに比べて、とにかく作家の顔出しが増えたというのは、灰汁島の実感するところだ。

出版不況、売り方の変化。作家自身のスタンスとは関係ない部分でのそれらは、どうしようもない。それでも、いいな、とうらやむ気持ちもまた、どうしようもないのだ。

長く沈黙する灰汁島に、早坂が言った。

「極力、灰汁島さんの負担のないやりかたで進めるつもりです。それでも、協力できる範囲ではやってもらいたいこともあると、ご理解ください」

「それは、わかってます。ただスケジュールもあるので」

「もちろん、他社さんとの兼ね合いは理解してますので、調整はつけます」

灰汁島と神堂とのもっとも大きな違いは、白鳳書房の生え抜き、専属ではないという点だ。大手からネット専門のベンチャー系企業まで、あちこちで仕事をしてきた。むしろネット投稿出身作家なので、電子書籍オンリーのちいさな会社の仕事もけっこうある。

他社のオファーは、メディア化でむしろ増えた。それでも近年、早坂との仕事に重心を置いているのは、彼がもっとも灰汁島がしんどかった時期に親身になってくれたことが大きい。

(早坂さんの存在はありがたいし、ぼくのやりかたも理解してくれてる。でも)

だからこそ寄りかかりすぎないようにしなければ、とも思う。基本的に灰汁島は自分が強くないことを知っているし、人間関係にも不器用だ。弱気なくせに思い詰めればとことんなので、一歩間違えれば距離感を見失いかねない危うさは、直りきっているとは思わない。

「できる、ことは、やります。でも、……いやこれ言うのも、あまえかもしれませんが」

「なんでしょう?」

言いづらいことだが、早坂だからこそ伝えておくべきだろう。灰汁島は姿勢を正した。

「えっと、ぼくが無理してそうだなって思ったら、それ、指摘して、止めてください。忙しくなりすぎると、そこのブレーキ壊れます」

「……っあー、なるほど。そうですね、灰汁島さんそういうとこある」

苦笑いで早坂はうなずいた。そして「ただ、それについてはなんとも……」と言葉を濁す。

「え、だめですか? 無理してでも頑張ったほうがいい?」

「いやいや、じゃなくて! ……ブレーキかけづらいのは、その、おれもなので」

気まずそうな早坂に、灰汁島も「あっ」と目をしばたたいてしまった。

そういえば、かつて早坂の胃に穴があいた一件は、むろん灰汁島のトラブルも大きな要因ではあったが、医師の診断によると『典型的かつ慢性的なオーバーワークがベース』と言われたとのことだった。突発的なストレスはあくまできっかけ、就労体制を見直すようにとかなりきつく説教されたらしい。

「会社と病院だけじゃなく、うちの旦那にも、めちゃくちゃ怒られてます……」

肩を落とし、ため息をついた早坂に、灰汁島はおろおろする。

「ど、どうしましょう。ふたり揃《そろ》ってそれじゃあ、歯止めが」

「うーん……ちょっと場合によると、アシスタントひとりいれる、のも検討すべきかも」

「アシスタント？」

「サブ担当、っていうのかな。……じつはいま、おれの担当案件で、シリーズの装幀を引き受けている方《かた》のスケジュールの兼ね合いで、バタバタしそうなところがありまして」

「あ、もしかして神堂先生の新作ですか？　装幀《そうてい》って、秀島慈英《ひでしまじえい》さんですよね？」

灰汁島が問えば「ご存じでしたか」と早坂が目をまるくした。

「はい。アート関連のアカウント、いくつかフォローしてて……『秀島慈英・帰国』って、けっこうなニュースになってたので」

灰汁島はそれほどアート界隈に詳しくはないが、好きな画家はいるし美術展などの情報もそれなりにチェックしている。流れてきたトピックスで、秀島は渡米後、いくつか大きな賞をとり、欧米での展覧会も大成功。有名オークションでは現役の作家としてかなり高額がつくなど、なかなかはなやかな活躍ぶりだったらしいことは知れた。

「凱旋《がいせん》帰国って感じでとりあげられてましたし、タイミング的にそうかなって」

「そうなんです。おれ、秀島先生のほうも担当してるのと、まあプライベートでもいろいろ……関連があるので、ちょっと手伝いにかり出される感じがね」

大物作家の話だ、守秘義務もあるのだろう。すこし濁した早坂に、とくに追及する気はないと知らしめるため「なるほど」とだけうなずき、灰汁島は事務的な話に戻した。

「一応確認しますけど、作品についての打ち合わせとか、原稿提出とか、そういうのは？」

「それはいままでどおり、おれが担当します。サブにつけたいのは、完全に事務アシスタントで、作品に関してっていうよりも、メディアミックス関係の連絡確認とか、契約書の送付や返送チェックだとか、そっちまわりを分担させたい」

「ああ、それならぜんぜんいいですよ」

「よかった……もういろいろ、マックスだったんで」

時短のために雑務を任せるだけだというなら、問題ない。胸を撫《な》で下ろす早坂に、灰汁島も苦笑した。

「他社さんでも、連載時の担当と単行本担当さんが違うとか、コミカライズのマンガ班はべつの担当さんがつくとか、ありますし。むしろ白鳳さんだと基本の連絡、ぜんぶ早坂さんだから、仕事量とか大丈夫かなと思ってました」

「そこは各社でやりかた違いますからねえ……うちは、とくに文芸班は古い体質なところもありますので、基本はがっつり組む方式かもです」

創業者がオーナーかつ社長、かつ編集長でもあった白鳳書房では、編集と作家は二人三脚でみっちりとつきあい、ともに作品を作るものだという、むかしながらの感覚が強いという。

「それこそ古い時代には、小説家の生活費を出版社がだしたり、原稿があがってくるまで面倒を見るだとか、現在からすれば冗談のような事実もあったそうですが」

「文壇バーとかがすごかった時代ですよね？　夢の話だなあ」

「おれも話しか知りませんし、さすがにいまは、あんなことやれませんけどね」

灰汁島も伝説の文豪たちの逸話を、なにかで読んだ覚えがある。その時代を肌で知らない早坂も、実感はないのだろう。

「話を戻しますが、仰《おっしゃ》るとおり複数担当制にしていたり、サブ担当をつけるかは、会社や部署で変わります。それに、まあ……うまくいっていればマンツーマンの担当制度もいいんですけど、そうじゃない場合は……ね」

多くを語らず眉を寄せた早坂に、灰汁島も苦笑で返すしかない。まさに前担当とうまくいかず、騒ぎを起こした作家である自身がなにを言えるわけでもない。

「あと、いまはネットがあるから、ある意味『やらかした』らね、どんな形かはさておき、漏れますからね」

「あああ……その節はほんとに」

「あれは灰汁島さんが悪いわけじゃないですから」

とはいえ騒ぎを起こして面倒をかけたのは事実だ。あれからだいぶ『いい子』にしているつもりだが、「いつかなにかやらかしかねない」という作家だと、外部から見られているのもなんとなくわかっている。

（まあ、それも、しょうがない）

やってしまった事実はそれとして受けいれ、粛々と働くほかに灰汁島のできることはないのだ。恥をかきつつ生きるのが人生だと、ある種の開き直りでしかないが。

「……ともあれ、アシスタントの副担当さんの件、了承しました。念のため、この件あとでメールください」

「はい、もちろんです」

話に齟齬《そご》があってはいけないので、と灰汁島が言えば、早坂もうなずいた。

「あ、そうだ。一応、副担当と顔合わせします？」

「べつにしなくてかまわないです。事務用件だけですよね？　メールで済むのでは」

そう言ってあっさりと話を終わらせようとする灰汁島に、早坂は微妙な顔をしていた。

「どうしたんですか？」

「いや。あまりにあっさりＯＫいただいたのでね、若干拍子抜けというか。……灰汁島さん、対人環境変わるの、もっといやがるかなって思っていたので」

「それは、本音を言えば知らないひとって苦手ですけど」

根本的な人見知りは元来の性格で、直そうと思って直るものではないし、さらに言えば新たな人間とのつながりが増えるのは、灰汁島からすれば億劫《おっくう》だ。

作品をがっつりと作るために打ち合わせなどするならともかく、事務窓口が増えるだけならば、顔合わせまでする必要を感じない。

「早坂さんが、ぼくにつけて大丈夫って思った相手なら、いいですよ」

「……うわあ」

「なに、うわあ、て」

本当に「うわあ」としか言いようのない顔をする早坂を怪訝《けげん》な顔で見やれば、彼は「まいったなあ」と頬《ほお》を掻《か》いた。

「ぶっちゃけちゃうとねえ、会社のためにうまいこと言って作家に無理させるのも、編集の仕事の部分があるのはじっさいなんですよねえ」

「なんですか、急に。ほんとにぶっちゃけますね」

灰汁島はすこしあきれてしまい、だが、そういうひとだよなあ、と悪くない気分になる。同時に、ほんのちょっとまえに「案件断ってもいい」と言ったくせにと、笑えてくる。

「でも早坂さんは、そんなこと絶対しないじゃないですか」

言い切れば、早坂は一瞬ぐっと黙った。そうして深々と息を吐き、うなった。

「絶対て……そういうとこですよ、灰汁島さん」

「なにがです?」

「いやいや、いいです、いいです。……おれは、頑張りますよ」

「あ、はい……?」

いまいちわからない。灰汁島は首をかしげたまま、「ともかくこの件はオッケーってことでいいですね」と言う早坂にうなずいてみせるしかない。

（……なんかあるのかな？）

不器用な人間が投げかける，無自覚の、そして絶対的な信頼。じつのところそれこそが、最大のプレッシャーでもあると灰汁島は知らないまま、その日の打ち合わせは終わった。

＊　＊　＊

灰汁島にとってありがたいことに、とくに大きな問題もなくドラマ化のプロジェクトは進行していった。

原作つき作品の場合なにかと取り沙汰《ざた》されるシナリオについても、まずはと提出されたプロットと、その時点で完成している数話ぶんに目を通したけれど、基本は原作どおりであり、小説独特の表現が映像化しづらい部分もうまい具合に脚色されていて、最終話までこのテンションならば、灰汁島としては言うことはない、と安心した。

これならばドラマはすべて制作陣に任せて、灰汁島はせいぜい、雑誌の特集やキャンペーン、ドラマ化にあわせた新刊や、円盤特典の書き下ろしにのみ注力すればいいだろう。

しかし、けっして安穏とした時間が送れるわけではない。

早坂に調整を頼むと告げたとおり、現在の灰汁島は各社の執筆予定が年単位でみっちりと組まれている状態だ。『ヴィマ龍』の際もそうだったが、メディアミックス関連の仕事はそのスケジュールのなかに降ってわいた状態になるため、かなりタイトなことになる。

おまけに増える作業はなにも、執筆まわりだけではない。

「なんで小説家って、小説だけ書いてちゃいけないんだろう……」

ぼやいた灰汁島は、ＰＣモニタに表示された契約書の文言をまえにうなだれた。

小説を書いて単行本を出すだけでも、契約や確定申告など、それなりに事務仕事はあった。そしてメディアミックスまわりには、守秘義務に関するものや、それに違反した場合のペナルティについて記載された書類など、ものものしいものも付随する。

事務アシスタントの件については、了承するなり即、相手から連絡が来た。そして挨拶もそこそこに、最近デジタル化した契約書のドラフトや、各種メディアミックス関連の書類が複数、立て続けに送られてきて、灰汁島はその数の多さにぎょっとした。

なかには以前送付済みでありながら、灰汁島が返送を忘れていたり、早坂もまた多忙すぎて確認をするのが追いついていなかったものもあった。

なるほど早坂がアシスタントをつけるというわけだ。ひとりでまわしきれる量ではない。

さきほど開いたメールの文面を確認しつつ、要求された電子契約の申請手続きをしながら、ため息が漏れる。

【ご多忙のところ恐れ入りますが、ライツのほうからもお早めの返答をと言われておりますので、何卒お願いいします】

丁寧ながら念押しする事務担当者のメールに、灰汁島は「すみません……」とつぶやく。まだ目を通せていないものがいくつかあって、今夜中に始末できるか微妙なところだ。

（ぼくも誰か雇おうか、事務処理してくれるひと……税理士さんに紹介してもらえないかな）

書類の山に目を通しつつ、灰汁島は肩を落としてため息をついた。

もともと会社員時代もデスクワーク職だったので、さほど不得手というわけではないけれど、好んでやりたい業務でもない。なにより事務作業をやっつける合間にも、各社のスケジュールは進行していくのだ。シリーズが三本、新規の文芸が、雑誌と単行本書きおろしとでさらに数本。

執筆用エディタのタブは常時、五つ以上開いたまま。果たして、すべてが予定内にうつくしく終わるだろうかと焦りながら、書類をチェックし、プロットをこねまわし、編集部からGOサインが出たものから実作に取りかかっていく最中、ドラマのシナリオ監修も、特典企画の依頼も飛びこんでくる。

そんなこんなで時間はあっという間にすぎていき——灰汁島が瓜生にドラマについての話を切り出したのは、企画の話を聞いてから、半年ほど経《た》ってようやくのことだった。

＊　＊　＊

「そんなわけで今度、珈琲探偵シリーズがドラマになります」

「……そう、ですか」

第一報を聞いた瓜生は、半分笑いつつ眉間にしわを寄せるという、くちゃくちゃの顔で押し黙ってしまった。

「え、どうしたの、その顔」

正直、外でしていい顔ではない。この場が自宅のリビングでよかったとしみじみ思いつつ、灰汁島はいつものように手ずから淹《い》れたコーヒーをすすった。

灰汁島の長身でも寝られるサイズのソファベッドに並んで腰掛け、最近では瓜生専用にしているマグカップを手でこねまわすようにする恋人に問いかける。

「なにか、ひっかかることありました？」

「いや、うーん……」

想定外の反応に、灰汁島は戸惑った。てっきりいつものように「新情報」と喜ぶかと思ったのだが、瓜生はうなるだけだ。

（え、なんだろう、このリアクション）

瓜生にドラマ化についての情報を渡せるのは、出演者オーディションなどの話が出てからだろうと、灰汁島は自分なりに判断していた。

というのも、早坂からこんな提案を受けたからでもある。

——誰かキャスティングに推したいひといたら一応、うかがいますよ。灰汁島さん最近、若手俳優さんとも交流してるでしょう？

交流というか、瓜生の出た舞台の楽屋に訪れた際、その共演者たちと勢いでつながっただけだ。舞台役者という人種はさすがにコミュ力も高く、またおそらくチケットノルマなどがあることも関係するのだろう。いろんなお知らせやお誘いがラインなどで飛んでくる。

そもそも、灰汁島のネットでの基本ツールは短文ＳＮＳと、むかしからやっているがいまは更新頻度の低くなったブログ。古くからのネットの知り合いはディスコードかスカイプでのチャットが主な交流ツールだ。

インスタグラムは若手役者らに言われて勢いでアカウントを作る羽目になったが、それこそ彼らの芸能人オーラあふれるキラキラ投稿がまぶしすぎて、ＤＭが届いたとき以外、開きもしていない。

——あのひとたちはコミュニケーションが仕事のところもあるから……。

つきあいすぎると疲れるからてきとうでいい、と瓜生にも言われているので、返信は十回に一回というところだが、それでも交流と言えるのだろうか。

（まあでも、うん。確実に言ってはいい、ことだよな）

コミュ力の低さゆえ、判断に自信はないが、いいことにする。

さておき、キャスティングに関しては各所に話もまわっているだろうし、場合によっては瓜生の事務所にも伝わるだろう。早坂の言葉を関係者解禁と判断し、打ち明けた——のだが。

「も、もしかして話すの遅すぎだったとか……？」

「え？　いや、そんなことはないです。この手のことは守秘義務ありますし、そういうだだこねてるわけじゃないです」

灰汁島の心配を、瓜生はあっさり否定した。ならばなんだ、と首をかしげたところ、じっとりした目で見つめられ、たじろぐ。

「そ、そう。なら、なんでそんな顔？」

「本当にわかりません……？」

「ごめんなさい、わかりません」

整った眉を寄せる瓜生に対し、無意識に上目遣いになれば、彼は「うっ」と顎を引く。

「もう、ずるいな先生」

「ご、ごめん？」

理由もわからないまま反射的に謝るのは悪手かと思ったが、もう灰汁島にはどうしようもなかった。

体感的にはかなり長い沈黙ののち、ため息とともに彼は言葉を吐き出した。

「……ドラマ化が嬉《うれ》しいのと、宇良くんの実写だと自分の出る幕がないとわかっているための、ファン魂と役者魂のせめぎあいです」

「出る幕ないって、なんで?」

意味がわからず、灰汁島は首をかしげた。

たしかに企画書ではイメージする俳優の写真などがあがっていたが、あれはあくまで企画時の参考資料、「こんな雰囲気で」といったイメージ程度の話だそうだ。出演俳優についてはオーディションをおこなうので、まったく関係ないキャストになることのほうが多いと早坂からは聞いている。

——下世話な話、原作サイドの希望で決め打ちキャストにしたいと言っても、出演料やスケジュール、その他もろもろで無理なことはよくありますよ。

そして決定したキャストには、企画段階でのイメージ俳優の名前はいっさいだしてはいけないという。別の候補者がいたと曲解され、次点だったのかと気分を害することもあるから、だそうだ。

なのでもちろん灰汁島は、いまの話のくだりで、候補者の名前を告げてすらいない。

「ようやく企画が本決まりになって、オーディションもこれからだし、役者さんまだ誰も、決定してないんだけど」

なのにこの反応はどういうことだと問えば、瓜生は今度は、両手で顔を覆ってうめいた。

「おれは……おれは先生の作品ぜんぶ大好きですし、台詞も全作、一言一句すべて、覚えてますけど」

「え、怖い」

灰汁島の反射的な発言を、いつものごとく瓜生はスルーする。

「それでも、おれが『零ヶ浦宇良』を演じられるかって言ったらそれは違うんです、だって顔と声が違うから！」

この世の終わりのごとく、瓜生はなげく。いつものごとく、オタクムーヴが強まった恋人に、灰汁島はついていけない自分を自覚した。

「かおとこえがちがう」

復唱する声は平たい。若干思考も止まりがちになっている灰汁島を知ってか知らずか、瓜生はきれいな目を潤ませてにらんでくる。目尻が染まり、とてもうつくしく色っぽい。

けれどそのやわらかく赤い唇から発せられる言葉を、灰汁島はいまひとつ——というか、ほとんどのところで、理解できない。

ただただ置いていかれて戸惑う灰汁島に気づかぬまま、瓜生は拳を握る。

「先生もあるでしょ、好きな漫画がアニメになったとき『声が違う』って思ったこととか！」

「お……おお？　うん？　ある……かな……？」

力説する瓜生に、灰汁島はあいまいにうなずいた。あまりの目力に、うなずかざるを得なかったとも言えた。

だがふたたび「かおとこえがちがう……」と口にだし、はたと灰汁島は首をかしげた。

「いや、待って。でもあの、珈琲探偵ってドラマCDとかコミカライズとかされてないし、そもそも挿絵も、かなりデフォルメきいてますよね？　大人キャラも四等身くらいだし」

灰汁島の作品装幀は一般的なライトノベルとはタイプが違うものが多く、いわゆる漫画タッチのイラストがつくことは少ない。だが、この珈琲探偵シリーズだけは、わかりやすい方向のキャラクターを狙って作ったのもあり、装幀と挿画はシニカルな風刺ギャグ漫画を描くことで有名な少年漫画家である『鷹波《たかなみ》サカシ』が手がけてくれた。

零ヶ浦宇良をはじめとする登場キャラクターのデザインについては、鷹波自身の提案で、本人の漫画のテイストよりも頭身を縮め、主線の太い、いわゆるカートゥーン系のタッチになっている。クセが強くデフォルメの利いた画風はポップでかわいく、灰汁島の作品としてはめずらしいことに、メディアミックスまえにキャラクターグッズも発売されたほどだ。

そんな具合で人気のある絵ではあるのだが、戯画化がすぎて実写の人間に当てはめること自体が不可能なキャラクターデザインだ。

「あの、あれに似せようとしたら、顔の半分目っていうか、特殊メイク必須では……？」

「そういうことじゃないんですよ！　挿絵はあくまで補助で、おれは先生の文章から顔を見てるんだから！」

くわっと、それこそ大きな目を見開いて強弁する瓜生に気圧《けお》されつつも、「ああ、はい、なるほど」と灰汁島は微苦笑を浮かべてうなずく。

NO!!
?

小説、というものが、あらゆる娯楽作品のなかでもっとも、読者の想像力に委ねるところの多い媒体だというのは灰汁島も思うところだ。

漫画や絵画などのビジュアルがはっきりしているものは言うまでもないし、映像や音楽に至っては『時間』すらも固定されている。だが文章のみで構築された創作物は、イメージも、時間の概念すらも、読み手、受け取り手の自由で、自在だ。

逆に読書そのものに脳のリソースを割きたくない、ノンストレスの娯楽を求める読み手の場合には、現在のライトノベルやカテゴリロマンス小説のように、定石《テンプレート》に沿って作劇し、挿画などでイメージの補助をするものが好まれたりする。

むろん、その定石からいかにはずしていくかと、数多の作家が試行錯誤した結果が現状のライトノベル市場でもある。大人から子どもまで幅広い客層を捉え、メディアミックスも豊富。コアなファンなら二次創作などで自由に作品世界を広げていくのも可能だ。

ともあれ、読まれているところにはファンがいる。そしてそのファンらは、『自分だけの』読書体験を心に抱えている。

瓜生のようにこだわるタイプなら、さもありなん。いまさらながら灰汁島は感心した。

「イサくんって、ぼくのファンでしたねえ、そういえば……」

「先生、たびたびおれの奇行に引いてるのに、なんでそこ忘れるの？」

しみじみと言えば、張本人からうろんな目を向けられ、いささか解せないところもある。

「奇行って自覚あるんだね。……いや忘れるっていうか、だって瓜生衣沙だから」

「なにそれ」

意味がわからない、としかめた顔もうつくしい。その顔と言動の不一致に毎回ゲシュタルト崩壊を起こしている灰汁島の心情を、誰か理解してくれまいか。

「ともかくね、ファンだからこそわかるんです。あの作品世界におれの立ち位置はないんだ……出られたとしてもせいぜい、依頼人のゲストキャラとか、犯人役とか、死体役とか」

「待って、死体役ってなんですか」

「売れてないころやったんですよ、連続殺人犯に殺された死体Aの役……まばたきしないの大変だった。それに比べると遺影役は楽でしたね、てきとうにそれっぽい写真提出すればいいから」

「へえ……」

役者さんって大変なんだな、と灰汁島が感心ともつかない心地でいると、瓜生がわざとらしいほどにっこり笑ってこちらを拝んでくる。

「そんなわけなので、モブでも死体でもなんでもいいから端っこに関われる余地あるなら、いれてください」

「し、死体……あるかなあ」

珈琲探偵シリーズはあくまでキャラクター小説のジャンルにおける短編連作ミステリで、

本格派や社会派のようながっつり重い話ではないが、長編作品では殺人事件も起きたりする。プロットは確認しているが、ドラマでどこまで細かく小ネタやエピソードを拾うかは、全話のシナリオがまだ来ていないので不明だ。

「喫茶店の端っこにいる客のエキストラでもいいので……！」

「そんな目立つエキストラはちょっとって言われるよきっと」

だめかなあ、とぶつぶつ言う瓜生に苦笑し、灰汁島は言いたかったことを口にする。

「……一応情報制限されてて、早くは言えなくて、ごめんね」

「んん、いいです。わかってるから」

ある意味では、単なる視聴者であったなら「ナイショね」と教えてあげられたのかもしれない。だがそれこそ業界にいる瓜生だ。誰よりも、この手の情報について厳しいことは理解しているのだろう、あっけらかんと首を振る。

「いち視聴者として、すっごい楽しみです！　先生も、できあがる過程ごと楽しんで！」

「はい。ありがとうございます」

灰汁島もそれ以上を詫《わ》びるのは却《かえ》ってよろしくないとわかっている。同時に瓜生がこういうひとでよかったと、ひそかに惚《ほ》れなおした。

そして、早坂から匂わされた範疇《はんちゅう》で、これくらいならと口を開く。

「まあ……もしかしたら、仕事の話としていく可能性、なくはない」

「え、どうして？」

「原作と、キャラクターの性別が変わるところあるんだよね。クライアントのご希望というか、制作会社の企画というか」

端的に言ってしまえば、今回のドラマの登場人物は、犯人役・被害者役等のゲストキャラクターを除いてはすべて男性、それも若手の美形に揃えられるとのことだった。

「待ってまさか、表《たわら》ちゃんが？」

「女子高生が、男子大学生になります」

「嘘でしょ⁉」

レギュラーキャラクターのひとり、作中のメイン舞台となる喫茶店『シャ・ソヴァージュ』の店主の孫であり、看板娘でもある表千子《ちこ》。破天荒な主人公、宇良にツッコミをいれるワトソン役の彼女も性別と年齢を入れ替えられると告げれば、原作至上主義な瓜生は悲愴《ひそう》な顔でなげいた。

「あれは……あれは思春期の少女だからこその潔癖さと容赦のなさが説得力なのに……」

「……ありがとうございます」

作品世界を理解してくれていることは、ひどく嬉しい。だが同時に、だからこそメディアミックス作品からは、作者はある程度で手を離すべきなのだと灰汁島に思わせた件でもある。

「でもまあ、ドラマはあくまで別物ですから。シナリオで違和感さえなければ、ぼくはいいですよ」

「先生がそう言うなら……」

不承不承うなずいた瓜生に苦笑すると、おそるおそる、という具合で問いかけてくる。

「あのまさか、マスターは？　『うみねこ亭』店長さんまんまのキャラでしたが」

瓜生もよく行くようになり、すっかり馴染《なじ》んだ店主。穏やかな彼の顔を灰汁島も思い浮かべ、だがかぶりを振った。

「主人公たちよりは年上の配役ですけど、イケメンで……って、これはぼくのほうから言いました」

「先生から？」

もともと『うみねこ亭』の店主をイメージしていたキャラクター『店長』――作中にも名前はない――の配役には、原作どおり壮年の、いぶし銀的なベテラン俳優の名前もあげられていた。

「でも、わざわざ女性キャラまでも男性に変えるほどなら、もういっそぜんぶイケメンで揃えたらどうですか、って。正直、冗談半分でもあったんですけど」

まさか通っちゃうと思わなかった、と笑い、その際に『できれば水地春久《みずちはるひさ》さんみたいな』と告げたことはまだ、瓜生には伏せておく。正直、灰汁島の疎い芸能知識で、ほかに浮かばなかっただけでもあったが、案外悪くない配役だと内心では考えていた。

「ともあれ、そんなわけで男性登場人物の枠は増えてますから……死体とか言ってないで、ふつうにオーディション受けたらいいのでは?」

灰汁島の提案に、瓜生はぶんぶんと、いっそ必死なまでにかぶりを振った。

「それはだめです！　カタラならおれだけど！　宇良くんはおれじゃないんで！」

「主役以外でもべつに」

「違うんです！　あの世界の主軸になってるキャラは、どれもこう……おれじゃないんです……なんでおれじゃないんだ……」

頭を抱えてしまった瓜生に、難儀な性格だなあと灰汁島は目を平たくする。

オタクとして、ものづくりをする人間として、その『こだわり』はわからなくはないのだが、いささかひっかかりを覚えて問いかける。

「でも、イサくんの演技力なら、違いがあってもやることはできるでしょう?」

「そりゃまあ、そこは、おれなりの最適解だす自信はもちろんありますよ」

灰汁島の言葉に、瓜生は顔をあげ、てらうことなく言った。こういうところがかっこいいのだ。思わず「おー」と拍手してしまった灰汁島に、けれど、と続ける。

「たぶん、どんな役柄であれ、プロなら、役者なら、『演《や》る』ことはできるんです。自分でないものになるのがお芝居だから。それこそ性別だって変えられますし、人間じゃないものにもなれる。でも、そこからさき、それそのものに成るには、やっぱり適性や特質、相性みたいなものが絶対にあるし、役者自身の本質は枉《ま》げられない。だからこそ、いろんな役者がいて、いろんな演じかたがあるんだと思ってます」

真摯な目をする瓜生に圧倒されつつ、なぜだかものすごく理解もできた。

「……うん。ぼくも、言っておいてなんですけど、宇良はイサくんじゃないなあとは思います。あいつは性格が悪いので」

悪いというか、クドいというか、ねじけている。徹底的に好感度の低いキャラクターを、いっそ漫画チックなくらいにやってみよう、と思って書いたキャラクターだ。

「えっ、宇良くんはそんな、性格悪いとかじゃあ」

「よくはないですよね？　ヒトの話聞かないし、自分勝手だし、うんちくうざいし」

苦笑する灰汁島に、うっと瓜生が黙り込む。否定要素はないからだ。それは作者である灰汁島がいちばんわかっている。

「そう書いてるんだから、逆に『じつはいいひと』なんてぬるさがあったら困りますし」

「うう……でもそこが！　そこが宇良くんは、かっこかわいいんです！」

「あはは。ありがとうございます」

基本的に灰汁島の話、とくに初期に立ちあげたシリーズの主役で、あまり好感度の高い人間はいない。善人を書いてみたいと思うこともあるけれど、どうも筆が滑った感があったりで、だいたいは変更したりボツにするのが関の山だった。

ファンタジー設定であれば、そこに、性格がねじ曲がるだけの悲惨で陰鬱な過去を盛りこむこともできるし、それによって説得力も出る。結果として現在の灰汁島の代表作であり、アニメ化もされた『ヴィヴリオ・マギアスとはぐれた龍の仔』主役、魔術師の『カタラ』は、それなりに素直な人気を得ていた。

生い立ちで同情を集めたうえ、かわいらしい龍の仔にだけは弱いというギャップで好感度もかなり高い。しかしあれはあくまで、アニメーターによる美麗な造形デザインあらばこそ、イケメン無罪の法則だと灰汁島は考えている。

「正直、ぼくの書くキャラの幅の狭さは自覚があるので……」

厭世的《えんせい》で、シニカルなキャラクターを書くほうが好きというより、楽だったのだ。ひとと関わりたくない、灰汁島の怯懦《きょうだ》な性格がにじんでいたのだろう自覚はある。こう言ってはなんだが、宇良はことに、自分のなかにある悪辣さを煮詰めたようなキャラクターだ。だから変な距離感と客観性が生じている。

近年になってようやく、単発の新作であれば、やさしいキャラクターを書けるようにもなってきた。いろんな意味で自身が作家として多少こなれたのと、もうひとつには、近い位置に信頼でき、やさしいと感じるひとびとが増えたからだと思う。

早坂にしろ、瓜生にしろ、あかるく、ただしく、まっすぐだ。もちろん大人であるから、いろんな経験を積んできたし、それなりに痛みや、間違ったこともあるのだろうけれど。

「あ、今後の努力目標って話だから、なにも自己否定してないからね？」

「……はい」

眉を寄せて、悲しげな顔になる瓜生に、苦笑して告げる。どんな思惑で書いたものであったにせよ、彼がまだ、高校生の『宇立勇《うりゅういさ》』だったころから『灰汁島セイ』のファンでいてくれている、その心を傷つけたいわけではないのだ。

「いつか、衣沙くんみたいなきらぴかのイケメンを主役で書いてみたいです」

「……っだから、過剰なファンサはね⁉　控えて先生⁉」

にこりと笑って告げれば、瓜生は声にならない悲鳴をあげ、両手を組み、天を仰いだ。

本当にこのひと、これさえなければ完璧なのにな、と生ぬるく微笑む。同時に、そんな完璧な相手では、おそらく自分はつきあうどころかそばに寄ることもできなかっただろうとも思う。

「いや、本当に努力目標ですから。……むずかしいんですよ、正統派のあかるい前向きなイケメン書くのって。それこそさっき、イサくんが言った、本質が枉げられないてやつで」

そういえば昨今、いわゆる正統派少年漫画主人公が減っているという論説をネットの記事で読んだ覚えがある。どこかしらいびつだったり、コンプレックスのある陰キャタイプや、『脇役系主人公』なる名称からしてねじれたカテゴリも、一般メジャー誌に定着しはじめているとか。

（いや、でも、わかる）

ひとむかしまえ、もっと世界がシンプルだったころならいざ知らず、このご時世に勇気と男気あふれる正義のヒーローを『立たせる』ことはむずかしい。

ましてそのヒーローを描くはずの『作者』が、誰あろう灰汁島セイだ。

「そう……本当に……本当にむずかしい……」

つぶやいたとたん、灰汁島は急速に視界が狭まるのを感じた。立てようとしてはうまくいかず、ボツを繰り返しているプロットのことを思いだし、一気にネガティブな考えで頭がいっぱいになる。

「いやほんとに、自分を疑わずまっすぐ目標に向かう、正しいキャラって、どうやったら書けるんだろう……ほんとにどうしたら……」

ぶつぶつと言いながらすとんと表情がなくなった灰汁島に気づいたのだろう、瓜生がこちらを見てくるのが目の端に映った。しかし、それが妙に遠い、ベール一枚向こうのように感じられる。

（あ、まいった、はいっちゃった）

しまった、と思う。乖離《かいり》した意識では、『お客様』がいるのにこれは失礼だと考えている。けれども、一度思考にのめりこむと、自力では止められないのが灰汁島だ。

あっという間に瓜生への申し訳なさより、創作へのテーゼに捕らわれ、没入する。

――もうちょっと、幅広げてみませんか？

あの言葉を早坂に言われてからだいぶ経つ。うっすらながら恋愛要素をいれたり、キャラの心情を掘りさげたり、いろいろ灰汁島なりにチャレンジしているが、やればやるほど「まだ届かない」という感覚が強まっている現状だ。

瓜生に言ったように、自己否定だとか自己憐憫《れんびん》だとかはべつにしていない。ただ、とにかく「できない」という事実がそこにあって、悩ましい。

これが、まるで見えない、わからない、というならばおそらく、あきらめも妥協もしたかもしれない。だがほんのわずか、端っこに指がかかっているような感覚があるせいで、どうにももがいてしまうのだ。

どうしたら、あれに届くのか。それとも無理なのか。あきらめたくないけれど――。

「あの、先生？　先生だいじょぶ？」

「……あ？　ああ、うん。……ごめん……」

気遣わしげな声をださせてしまったことに反省しつつ、すぐに返事をした――つもりだった。だが顔をあげたさきにいる瓜生がずいぶんと心配そうな顔をしていたし、続いた言葉でかなりの時間、沈思黙考していたことに気づかされる。

「え？　ごめん！　ぼく、またやった⁉」

ようやく本当に我に返り、灰汁島は声を裏返した。

「本当に、すみません……！」

焦りつつ謝ると「気にしないで」と瓜生は微笑み、手にしていたカップを持ちあげる。

「どうする？　おれ、コーヒー淹れなおそっか？」

「い……いえ、すみません。ぼく、やります」

「そ？　じゃあ、お願いしていいですか？」

言われてさらに気づく。ついさきほどまで、手元のカップで湯気のたっていたはずのコーヒーが冷めきり、表面には油膜が浮いていた。瓜生のほうはからになっている。それだけの時間が意識から完全に飛んでいたことに、冷や汗が出た。

（やっちゃったなあ）

このところずっと抱えている命題でもあるため、きっかけがあるとすぐに考えこみ、スイッチが入りやすい自覚はあった。だが、目のまえの相手を無視までしたのは久々だ。

過集中による意識の乖離をたびたびやらかす悪癖は、いまだに直らない。以前にも彼と会っている最中に、突如浮かんだ文章のメモをとるためけっこうな時間放置してしまったことがある。だが、今回は文章を書いてすらおらず、身にもならないネガティブモードを目の当たりにさせただけだ。

「……ごめんね、イサくん。変なとこ見せて」

「ん？　なんで。気にしてないし」

ふたりぶんのコーヒーを淹れなおしてテーブルに戻ると、彼はいつもどおりに「ありがとうございます」ときれいに笑った。

「むしろあれかなあ、おれのまえでも気を抜くようになってくれたかなあって、ちょっと嬉しいし」

「ええ……突然ドツボにはまって返事もしなくなるのが……？」

「だってそれが先生、ていうか、セイさんの素でしょ？」

きれいな唇をすぼめ、コーヒーを吹き冷ました瓜生が、寛大にもすぎる言葉を口にする。

「おれのいるまえで、無理してほしくないですもん。小説家さんって、タイピングする時間だけじゃなく、考え続けてる時間も執筆してるようなもんだ、ってなんかで読んだし。だから、推し作家のお仕事情景見られて、ファンとしてはお得です」

以前にも言ったそれを、またあえて口にするのは、瓜生らしい気遣いだ。灰汁島は自分への情けなさと同時に、恋人の懐深さにもぐっときて、若干涙目になる。

「はあ……もう、本当にイサくん、好き」

「ごっ……お、んぐ」

折悪《あ》しく、ちょうど瓜生がコーヒーを口にいれたタイミングだった。派手にむせた瓜生へ近寄り「大丈夫？」と背をさすれば、咳《せ》き込んだだけでなく赤い顔でにらまれる。

「だから、突然の過剰なさーびすはですね⁉」

「べつにサービスしてないですよ、心の声が漏れただけで……」

「ンンンっ」

さらになんともつかないふぜいで顔をくちゃくちゃにした瓜生は、ややあっていろんなモノを振り払うように咳払いをした。

「えっと、話、戻しますけども。その、おれの私見ですけど。先生って自分のなかからだけ、キャラクターだしてきてる感じではないと思ってたんですけど」

「あ、まあ、それはね」

私小説的な側面のある文学作品や、リアルな情勢を描き出す社会派作品などを手がける作家とは違い、灰汁島はあくまでライトノベルが自分のベースであると自覚している。

登場人物は現実に根ざしたリアルな『人間』ではなく、見た目や名前、人格そのほかすべてが戯画化された『キャラクター』でデザインされている作品たち。

軸足が現実から浮きあがった世界観設定で、派手なバトル、ファンタジックな幻想を描き、だからこそ、リアルでは言えないような外連味《けれんみ》たっぷりの台詞を綴る、先達たちの素晴らしい作品を浴びるように読み、自分も書いてみたいと憧れた。

むろん一般の作品に言うまでもなく名作は数多あるし、好きな本はそれこそ山ほど。ライト文芸というジャンルがすでに確立していたからこそ、そちらの作品も細々ながら書かせてもらっている。

それでもいちばん最初に「こんな話が書いてみたい」と思わせてくれたのはやはり、学生時代に読んだ大量のラノベたちであり、作劇の根幹もそこにあるという自負も自覚もあった。

「先生の自覚はさておき、やっぱり灰汁島セイ作品って、ちゃんと『ヒーロー』な主人公がいるとおれ、思いますよ」

「あんなに陰キャ多いのに……？」

意外なことを言われた気がして目を瞠《みは》るが、瓜生は「それは味つけというか、属性でしょ」と言う。

「だってそれこそ、宇良くん。ものすごい毒舌系だし視点もひねくれてるので、まあたしかに正統派のヒーローキャラじゃないんだけど、ある意味『自分を疑わずまっすぐ目標に向か』ってますよね？」

さきほど自分が口にした言葉を繰り返され、灰汁島はあらためて自分のキャラクターを分析してみる。

相手が誰だろうと不遜なまでの態度でふんぞり返り、持論を展開する探偵。

むろんのこと、灰汁島がいままで読み重ねてきた小説や漫画、のみならず映画にドラマ、演劇にアニメーション、ありとあらゆる創作物からすこしずつヒントをもらって構築した部分はある。性格のひねくれた探偵など、ホームズを筆頭に枚挙にいとまがない。

アンチヒーローもまた、ヒーロー。他作品を読むときはすんなり飲みこめていたことが、自著となると見えていなかったらしい。

「……言われてみれば、たしかに……」

「あと、これは先生と親しくなったからわかるけど、先生本人はあそこまで厭世的でもシニカルでもないなって。だからもしかして誰か、モデルにしたひととかいたのかなあって」

瓜生の言葉に、ふと浮かんだ名前がたしかにあった。言葉が巧みで、理知的でクレバーで、かなりシニカルな物言いをする、豪胆で、つよいひと。

「……いるんだ？」

「います、ね。いや、そうか。モデル……に、してたかも」

ていうか、ほぼ宇良みたいな性格かも。いまさら気づいたそれに自分で驚いていれば、瓜生が「どんなひとですか？」と問いかけてくる。

「ぼくが……小説投稿しはじめたころからの、ネットの知り合いで、いちばん小説のことか相談してた相手です。一時期は毎日のように話してたけど、お互いそのころも忙しかったし、通話するより『ながら作業』のできるチャットがちょうどよくて」

「え、話すほうが他の作業できません？」

「小説書きながら長時間しゃべるのは無理ですよ……しゃべってる言葉打ちこんじゃうので。チャットならエディタと二窓にしておけば、自分のタイミングでレスポンスできるので」

「そのほうが混乱しそうだけどなあ、おれなんか」

自身も雑誌に読書コラムの連載を持ち、エッセイなどの仕事も手がける瓜生は、文章を書くことに要する集中力をよくわかっている。それだけに実感のこもった言葉だった。

「学生時代から夜中に仲間とチャットして、SS書いて……ってやってたから、慣れてる相手だとできちゃうんですよ」

灰汁島の常駐していたコミュニティは、発足がテキストサイト全盛期、ネット回線がまだ弱く、音声通信が普通になる前の時代のチャットグループから続く、かなり古いものだった。そのためネット通話が主流になってからも、メンバーの基本コミュニケーションは、ツールがなんであれテキストチャットが基本。連日連夜の怒濤の『おしゃべり』で思考速度と同期したタイピングは、おかげで鍛えられたと思っている。

「ってことは、そのひとも作家さんですか？」

「うん、でも小説じゃなくて、会社員と兼業の脚本家で……イサくん、知ってますかね？廿九日《ひずめ》隆研《りゅうけん》っていうんだけど」

「……んん？　すみません、わからないかも」

申し訳なさそうにする瓜生に「いやいや」と灰汁島は首を振る。

「あのひと、仕事の内容で名前使い分けてるから、別名義の可能性はあると思うので。深夜のアイドルドラマとか、夏のホラー特番とかのドエンタメな脚本やったと思えば、舞台のほうでめちゃくちゃ哲学的でマニアックな内容書きおろしたり。あとアニメの仕事もたまにしてるらしいし、とにかく、なんでもやるんだよね」

「へえ、めちゃくちゃ職人タイプなんですね」

「そう。そのスタンスもすごい、尊敬してる」

灰汁島は自覚もあるが、けっして器用でないタイプの作家だ。仕事のオファーがあれど、内容に自分が納得できなければてこでも動かない――動けない。意固地になっているだとかプライドがとか、そんなことではなく、本当に一文字も書けなくなるのだ。

だからこそ、受けた仕事はどんな内容であれ、絶対に形にしてみせるという廿九日を、心からすごいと思う。

（ひさびさに、話がしたいな）

廿九日にはここしばらく、忙しさにかまけてコンタクトを取れていなかった。SNS嫌いの彼は仕事の告知以外めったにネットに顔をださないから、ふだんの様子はわからない。

一段落したらディスコードにメッセージでも送ってみようか。そんなことを考えていると、にこにことしながらこちらを見やる瓜生に気づいた。

「……なに？」

「んーん。そういえば先生のプライベートのともだちの話って、あんま聞いたことなかったから。なんか嬉しいなって」

「え、そうだっけ……？」

そうかもしれない。というよりそもそも灰汁島は友人が多いわけではない。大学までの学友たちとは浅いつきあいしかなかったうえ、作家になったあとは生活ペースの違いなどで、ほぼ縁が切れている。

残っているのはそれこそ廿九日のように、ネット小説投稿時代からSNSやコミュニティサイトで集っていた仲間たちだ。そして大半はプロになるか同人大手などになってそれぞれ忙しく、たまにネットに流れてくるお互いの活動報告を見ては、元気にやっているらしい、と確認する状況だ。

「まあ、そもそもぼく、ともだち少ないですし、リアルで会うことほとんどないんですよね」

「そうなんです？」

「はい。というか……考えてみたら廿九日さんにしても、顔も声も知りません。一応、友人……のつもりですけど」

十年以上のつきあいがある。かなり密度の濃い会話をしてもいる。けれど、一度として顔をあわせたことがない。宇良のイメージモデルとして無自覚だったその理由も、それだからだと灰汁島はひとり納得するが、瓜生は目を瞠っていた。

「十年ともだちなのにしゃべったことない⁉　そんなことあるんだ⁉」

「え、わりといますよ。ネッ友……ってもう死語ですかね」

灰汁島のデビュー直後には出版社のパーティーや作家の飲み会もあったけれど、初期担当にホストまがいの扱いをされて以後、ほとんど断るようになってしまった。コミケなどのオタクイベントも、誘いがあり機会があれば遊びに行く程度はするが、積極的に参加するわけではない。

「友人も似たような連中ばっかりで、徹底的なインドア派ばっかりなので……それでお互い、ちょうどよかったというか」

気づけば数年会ってないのはざら、という灰汁島に、瓜生がひどく驚いた顔をしていた。

「どしたの？　イサくん」

「で、でも先生、おれとはけっこう定期的に会ってくれてる、よね」

「そりゃあ――」

単なる友人と、恋人は、違うと思いますし。そう言おうとした灰汁島のまえで、ひどく申し訳なさそうに瓜生が肩をすくめた。

「……無理、してない？」

困ったような上目遣い。あざといなあ、と思いつつ、ツボに刺さってしまう。たぶんこれはわざとじゃないなと感じる。

「イサくんて、ほんとかわいいね」

じっと見つめて言えば、一瞬瓜生は意味がわからないような、きょとんとした顔をした。ややあって、びっくりするほど顔を真っ赤に染める。

「えっ、そんな話はしてないと思いますけど」

「ふふ。うん、かわいい」

「ちょっ、まっ、せんせ……セイさん⁉　わわ、わ」

にこりと笑って、隣であたふたとしている彼を抱きしめ、座面に転がる。

ちょうどいいなあ、と思う。どんどん瓜生は、灰汁島にとってちょうどよくなる。

「だ、抱き枕じゃないんですから」

「おとなしく寝るだけがいいなら、そうします」

「……もー。仕事まだ、あるんでしょう」

さきほどの会話で、頭の端に残っているプロットのことを悟られたらしい。休みをあわせてくれたのに、完全なオフにできなくて申し訳ないと思う。

「そんな顔しなくていいですよ。ハイきょうからお休み、ってできる仕事じゃないの、わかってますし。おれも似たようなとこあるし」

「そうなの？」

「役の解釈とか深めるために資料さらったり、そのあと考えこんだりって、おれもしょっちゅうなので。演目や監督、演出、役者のタイプにもよりますけどね」

たとえば舞台演劇の場合は芝居全体のなかで俳優それぞれがどう演技するか、それを板のうえでぶつけあってこその臨場感が求められる。対して映像作品の場合は、脚本も一部しか

もらえないまま、カットごとに細かく刻まれ、指示どおりの動きを演じたりもすると瓜生は教えてくれた。

「ときによると、最後まで話の全体像知らないままで上映とか放送とかあります」

「え⁉　それで演技できるの⁉」

「監督の頭のなかにある素材として、必要な画《え》であれば問題ないんです。じっさいおれも、試写で見てようやく、おれの言った台詞の意味ってこうだったんだ、とか理解することある。逆に役者のちからがつよくて、監督のほうが『ココ活かしたい』って話変えることもあったりしますし。その辺は本当に作品ごと、監督のやりかた次第で、千差万別ですね」

「へえ……すごいんだなあ」

頭から終わりまで、すべて自分のなかだけで構築し、道筋が見えない限り一行も書けない灰汁島には、想像もつかない作劇方法だと思った。

「ただ、ラノベとか漫画原作つきの場合は、制作陣と作品の相性次第なところもあって……よければ監督と脚本、誰、とか訊いてもいい？　あ、もちろんだめならいいんで」

寝転んだまま、ふたりきりの部屋のなかでこそこそと声をひそめる瓜生がかわいい。おそらく彼なら話をもらすことはないだろうし、そもそも「誰か希望があれば」などと問われている状況だ。これくらいなら問題はないだろう、と灰汁島はひとりうなずいた。

「大丈夫です。えっとね、監督は吉兆平治さん、って聞いてる。脚本も、監督の会社でチームでやるとか言ってた」

ナイショね、と口のまえで指を立てて言えば、「ンンッ」と瓜生が妙な声をだした。

「……イサくんどしたの？」

「天然物は至近距離だと破壊力がですね……」

「んん？」

意味がわからない、と首をかしげれば、瓜生がまた「ぐうっ」とうめく。

「あざとい！　話に集中できない！　先生は動かないで！」

がばりと起きあがった瓜生から指をさされ、灰汁島は目をまるくした。

「えっ理不尽……あざといのはいつもそっちで」

「いまそれいいから！　……って、待って吉兆監督？　うわあ絶対見ないとだ」

こじらせオタクモードから、突如我に返った瓜生に若干ついていけないまま、灰汁島も起きあがる。

「そうなの？　すごい監督？」

「まだ四十代で若いんですけど、最近、原作つきとかいろいろ手がけてて、どれも解像度高いって評判なんです。脚本もチームでやってるから精度が段違いで……ほら、これこれ」

興奮気味の瓜生が、手にしたスマホでさっと検索する。タップした瞬間にサジェストが見えたが、監督名のあとには『安心』という文字がまっさきにあがっていた。

「訊いていいかわかんなくてドキドキしてたけど、一気に安心したあ……円盤予約いれよ」

「はやくない？　まだなにも出てないよ」

「情報サイトの更新通知、来るようにしとくんです。あ、リマインドもしとこ」

スマホアプリに入力する瓜生はすっかり、新作ドラマの話に夢中になっている。灰汁島はすこしばかりおもしろくなくて、彼の細い腰を摑《つか》むと、もう一度ソファに押し倒した。

片手にスマホを握ったままの瓜生が、きょとんとした顔で見あげてくる。

「ドラマより、本人かまってくれません？」

すねた顔になったのが自分でもわかる。いい歳してみっともないなあと思いもするが、しっとりあたたかい瓜生の身体がすぐそこにあるのに、意識を散らされるのは――たとえそれが自分の作品のファンだからだとしても――さみしい。

眉をさげてじっと見下ろせば、瓜生が目をまんまるにしたあとに、首筋からじわあ、っと赤くなっていった。そしてわななく手からスマホをとりおとし、長い指で顔を覆う。

「こ、ころされる……せんせいにころされる」

「殺しませんが⁉　なに言ってるの⁉」

物騒なこと言わないで、顔を見せてほしい。細い手首を摑んでどかせば、見事にゆであがり、涙目にすらなっている瓜生がいて、どっと襲ってくるかのような強烈な色気にくらくらしてしまう。

「あまえんぼ上目遣いで押し倒すとかいつそんな高度なワザを⁉」

「ワザとか使ってないから……もう！」

色気が台無しになる言葉をわめきちらす唇を、面倒くさいなあと塞いでやる。ふれたとたん、とろりと溶けるように開くから、コーヒーの余韻が残る口内をじっくりと灰汁島は味わった。

ごとん、という音がして、スマホがソファから転がり落ちる。一応厚手のラグがあるから、傷はつかない――はず。

「……なに、せんせ……？」

「なんでもないです」

いつの間にか夢中になっていた瓜生はそれすら気づいた様子がなくて、灰汁島はふふっと笑ってしまった。とたん、腕のなかの彼がむっとしたように顔をしかめる。

「その顔、ずるい」

「どっちがですか……」

ずるいずるいと言いあいながら、何度もキスをした。当然それではおさまらなくなって、一応の瓜生の予定と体調をうかがいつつ、ベッドに移るかここでにするかを短く検討。

結果としては満ち足りる時間をすごすことになった、そんな午後だった。

日々はすぎ、ドラマの制作についても一般への情報解禁となった。番組ティザーサイトが作られ、期待を高めるかのように徐々に詳細情報もアップされていく。監督並びに脚本監修が吉兆だということが知れると、灰汁島のもとへはかなりの期待の声が寄せられた。

【灰汁島作品に吉兆演出、神作品確定!】

【実写はやばいんじゃ……と思ってたけど、あの監督なら間違いないな】

瓜生が興奮していたように、WEBの各所で好意的な声が寄せられ、灰汁島のSNS告知も更新のたびにバズり、トレンド入りするほどの反響に驚かされた。

「本当に有名な監督だったんだなあ」

あらためて吉兆監督のウィキペディアを確認してみた灰汁島は、なるほどとうなずいた。

一般のオリジナル作品もむろんだが、二・五次元系映画でかなりのヒット作を手がけている。どちらかといえば女性向け作品が得意なようで、灰汁島がじっさいに見た作品は少なかったが、逆になるほど、だからイケメンメインの構成になったかと納得もした。

珈琲探偵シリーズの原作自体は、レーベル的には白鳳書房の男子向け――この区分もいまどきナンセンスとは思うが――ライトノベルレーベル『白鳳文庫ニュクス』から発行されているが、そもそも灰汁島の読者層は男女いずれも差がない。

＊　＊　＊

むしろ近年は『ヴィマ龍』のおかげで女性ファンが元気だから、今回もうまいこと食いついてくれたらありがたいな、くらいには思っていた。

「まあなんにせよ、無事に放映終了まで、大過なくすごせますように」

どこの誰にともなく祈りを捧げつつ、ひとまずは日に日に生える気がするドラマ関連の特典ショートショート複数本の執筆と、これまた追随して生えてくる確認書類の山を片付けるべく、灰汁島は指を鳴らす。

そうして日々頭を抱えつつ、どうにかラノベシリーズの最新作と雑誌原稿二本を脱稿したあたりで、いよいよドラマの撮影が開始となる。

――いち視聴者として、すっごい楽しみです！　先生も、できあがる過程ごと楽しんで！

「……うん、楽しもう」

瓜生の言葉を胸に、前向きに頑張ろうと――現場見学は正直怖いけれど、臆さず挑もうと、灰汁島は拳を握った。

けれど現実は、やはりやさしくない。

撮影見学のその日、灰汁島は、陰キャが慣れない場所に赴くものではないと、痛感することになる。

「ではこちら、関係者パスになりますので、必ず見えるようにさげていてください。お帰りの際にはこのボックスへご返却を」

「わ、わかりました」

＊　＊　＊

その日、灰汁島が足を踏み入れたのは、都内某所の撮影スタジオ。連れ立っているのは毎度の早坂と、この日の案内をしてくれる制作会社の担当者だ。

関係者入り口から入場し、アポイントを確認。身分証明書を提出して書類にサインしたのち、ほがらかな受付の警備員さんにストラップのついた関係者パスを渡され、首からさげる。緊張に速くなる鼓動をおさえるように胸に手を当てれば、パスを差し出してくれた男性が名刺を差し出してきた。

「改めましてわたくし、株式会社アスクフィルムズの万亀山《まきやま》と申します。本日はよろしくお願いします。ご案内しますので、こちらにどうぞ」

「アッハイ！　お、お願いシマスッ」

「ご丁寧にありがとうございます。担当の早坂です」

ここからは制作会社のスタッフである彼が、先導してくれるそうだ。ガチゴチの灰汁島の隣で、早坂が如才なく名刺交換をする。灰汁島も一応は、ＳＮＳとメルアドだけが掲載された作家用名刺を作っているので、ぎこちなくも渡すことはできた。

万亀山は丁寧にそれをしまい、「こちらへ」と掌《てのひら》を見せて誘導してくれる。

「本日はお時間の都合で、撮影途中からの見学ということなので、関係者への紹介は、手のあいた順というか、合間合間になってしまうのですが、ご了承ください」

「イエッ、こちらがお邪魔するだけなのでっ、そ、そうしてくださいと言ったのはぼくのほうですからっ」

にこやかに説明されただけなのに、慣れない出来事におたおたする灰汁島の声はうわずり、びくりと飛び上がってしまった。そんな自分に真っ赤になっていれば、早坂が微笑み、背中に手をあててくる。

「落ち着いてください、だいじょうぶだから」

「あああ、すみませぇん……」

ぽんぽんと、子どもでもあやすように軽くたたかれた。動じない微笑み、こういうとき早坂は年上の、それもできる男なのだな、と実感する。

小柄で童顔の早坂は三十代も半ばだが、いまだ大学生に間違えられるほどの『かわいい系』だ。ふだんの打ち合わせなどではカジュアルスタイルが多いのだが、きょうのようにスーツを着ていても不思議としっくり来る。とはいえ早坂を知る人間からすれば、けっして顔立ちで侮れるタイプの人種ではないと重々わかっているので、なんの違和感もない話ではあるが。

「しかし灰汁島さん、ごねたわりには現場にちゃんと来ましたね。やっぱりヤダって、ドタキャンするかと思ってました」

「さ、さすがにそこまで無責任なことはしませんよっ」

「あはは、冗談です」

正直、現場にはいってから言う話ではないが、あっけらかんとほがらかに、言いにくいことも口にするのが彼なのだ。遠慮のない口ぶりに苦笑しつつ、灰汁島は二十センチほどしたにあるちいさな顔を見下ろしながら、しくしくする胃をさすった。

朝からかなり胃が痛くて、顔色もよくはない。ひとつには、この撮影見学日にきれいな身体で間にあわせるべく、仕事をフルスロットルで片づけたからでもある。

ドラマの撮影自体は三日前からはじまっているが、役者のスケジュール等の都合もあり、頭から放映の順番どおり撮るわけではない。この日は三話目にあたるシーンとオープニングカット。そして、主役である零ヶ浦宇良役、八郷創成の初の現場入りということで、灰汁島の見学日をあわせたのだ。

「……めっちゃ胃が痛いです……帰りたい」

「そうですか。まだ来たばっかりですからね、我慢しましょうね」

ヘタレ発言を、早坂は笑顔でたたき落とした。こういうひとだよ、と灰汁島はそっとため息をつくが、続く早坂の言葉にはうなずくしかない。

「こういう現場のエネルギーって、創作のいい刺激になると思いますよ」

知らないひとだらけ、しかもドラマの撮影所だ。周囲はギョウカイジンとゲイノウジンばかりである。陰キャを自認する灰汁島にとって完全アウェイだ。きっとキラキラで目が潰れるに違いないとも思うし、盛大にキョドる自信すらある。というかじっさい、いま現実に、心拍数はあがっているし喉はからから、緊張度はマックスだ。

それでも、得がたい機会を逃すには惜しいと思って、この場に挑んだ。

「わかってます。自分のに限らずですけど、ドラマの撮影現場とか見る機会なんか、次にあるかわかんないですし……なにかネタになるかもと思ったし」

灰汁島がもごもご言えば、早坂は「これだからなあ」と苦笑する。

「これだから、って？」

「コミュ力低くて人見知りっていうわりに、灰汁島さん、取材になると思えば出かけるでしょう。で、現場行って会ったひとには、それなりに話もしてきますよね」

「だって、知らないことは訊かないとわかりませんし」

いまの時代、ネットで検索し、ヒットした記事を読んだり動画を見たり、あるいは資料本を取り寄せたりすることもできる。インターネットが普及していない時代に比べたら、格段に資料集めはやりやすくなったと言われている。

反面、誰もが情報を発信できるようになった弊害も起きている。『ネットデブリ』と呼ばれる、エビデンスもソースもはっきりしない眉唾ものの記事や情報があふれかえった結果、信憑性《しんぴょうせい》のある資料を探すのもいささかスキルが必要になってしまった。

むろん、エンタメのフィクション創作を手がける作家である以上、あえての嘘をつくこともある。メインジャンルであるライトノベルなどは日常を逸脱したハッタリと外連味こそが持ち味とも言えるし、ファンタジーやSFなどは、いうなれば世界観からして『大嘘』だ。

けれどだからこそ、ささいな部分での描写がおろそかにはできなかったりする。非現実の世界にあるうえで、リアリティラインをどう設定するかが作品のキモになるからだ。

描写に必須なのは、やはり観察でもある。あらゆる意味での『現場』の空気、臨場感や空間感などは、文献や映像だけでなく自分の目で見てみなければわからないことも多い。

こと灰汁島は、ある程度『見て』みなければ書けないタイプだ。完全に自分の内的宇宙だけで物語を構築できる作家もいるが、そこまでの才能《ファンタジー》を持っていない自覚はあった。

足りないぶんは努力で補うしかないのだ。だから創作のためとなれば、ふだんどれだけ嫌いで苦手だと思うことでも、ある程度までは我慢できる。

「出版社のパーティーとか、本当にいやがるのに」

「あれは、なんか、半端に名前だけ知ってるのが困る感じがあるっていうか……」

世間には小説も漫画もあふれかえっていて、相手のペンネームは知っていても作品ぜんぶを読んでいるわけではない。灰汁島は自著が読まれないぶんには平気だが、自分が相手の作品を知らない場合、気分を害するのではないかと思って気を遣いすぎ、結果言葉が出なくなってしまったりするので、パーティーなどでは極力知らない相手と話したくないのだ。

「取材の場合は、大抵ぼくのこと知らないですし。本当の意味でまったく知らないひと同士だから、却って話せるのかも」

「ああなるほど、自意識過剰なんだ」

ぽんと手をたたいて納得する、じつは案外口の悪い担当をじっとりと見下ろし、灰汁島はため息をついた。

「……わかってるから言わなくていいです」

「正しい自己認識は大事ですよ、灰汁島さん。ほら与太話はいいから、きっちり観察、取材」

「雑《ま》ぜ返したの早坂さんでしょう！」

まったくもう、とこぼした灰汁島へ、ふたりの会話をくすくすと笑って聞いていた万亀山が「お話し中すみません」と口を挟んでくる。

「取材、とお話しされていたのですが、申し訳ありません、現場の無断での写真撮影は……」

「存じてます。写真は撮らないのでだいじょうぶです」

念のためと注意してくる万亀山に、早坂と一緒にうなずく。撮影見学まえの確認書類にも、とくに、出演者や撮影セットについては厳重に禁じる旨が、記述してあった。

「ご理解ありがとうございます。もし、記念のお写真が、という場合でしたら一声おかけくだされば――」

例外として、演者、スタッフとの記念撮影ならば、関係者がＯＫをだした場合のみ許可、それも背景がよくわからない場所で、と補足されたが、灰汁島は即、断った。

「あ、それはいいです」

「え、よろしいんですか？　遠慮はなさらなくて大丈夫ですが」

「いえ、ほんとに、いいです」

不思議そうな顔をする万亀山に、灰汁島はあいまいに笑う。

(役者さんと一緒に写真とか、公開処刑だよ)

世の中には写真に撮られるのを好まない人種がいるのだ。横で目を細めて生ぬるく笑っている早坂を軽くにらみつけ、灰汁島は意識を切り替える。

早坂に言ったとおり、ドラマの撮影スタジオなど、めったなことで見学できるものではない。得られるものはぜんぶ得ていければいいと、緊張と不安に苛まれつつも、せわしなく視界を巡らせた。

この撮影スタジオはかなり大きく、天井も高い。区画ごとに撮影ステージが点在していて、それぞれセット組みがなされている。いずこのセットも関係者以外は立ち入り禁止のため、許可された部分以外には近づくのもむずかしい。

場を支配している熱気と緊張感。コレばかりは本当に、足を運ばなければわからない。圧倒されつつも、見るべきものは見なければ、と灰汁島は気合いをいれ、誘導されて歩く合間にも見えるものをぜんぶ見ようと視線をめぐらせる。

通路や空《あ》きスペースの部分には、ブルーシートを敷いたうえにコンテナが乱雑に積まれ、撮影用の大道具や小道具、機材類が素人目にはごちゃごちゃと散らばっている。なかにはスタッフの飲みさしらしいペットボトルや缶コーヒー、コンビニの軽食類が詰まったポリ袋も放置されていて、灰汁島はその乱雑さにこそ、ひどく生々しい現場の空気を感じて、静かに興奮した。

（すごいな……）

なかにはまだセットの設置途中なのか、ライトとカメラを設置するための鉄骨がむき出しの状態になっている空間に巨大なコンパネを組みあげ、ガンタッカーで壁紙らしきものを接合している場面も見かけた。

「あれも、セットですか？」

先導する万亀山へひっそり問いかけると、にこやかに答えが返ってくる。

「ああ、はい。細かくは言えませんが、完成したら昭和中期くらいの台所になるんですよ」

「へえ……そういうのもセットなんですね」

言われてみれば、近くに置かれた小道具類の積まれたコンテナのなかには、ひどく古びた形の炊飯器やヤカンなどが覗《のぞ》いている。たしかに現代的ではないが、昭和中期ごろであればロケ可能な古民家もあるのではないかと考えた灰汁島がそう問えば、案内になれているのだろう万亀山がすらすらとまた答えをくれた。

「単発の撮影だと、ロケで近いシチュエーションの場所を借りるのもありですけどね。撮影期間の長いものなら、セット組んだほうが結果的にはいい場合もあるので」

「レンタルとどちらが安いという話ですかね」

灰汁島が問うと、横にいた早坂が補足をいれてきた。

「それこそ今回の灰汁島さんの作品、ドラマの演出で外に出るシーンもありますけど、基本的にはずっと、舞台になる喫茶店『シャ・ソヴァージュ』での会話劇ですからね」

「仰るとおりです。それと四話目では乱闘シーンもあるので、作ったほうがなにかと」

「あ、なるほど」

たとえば民家や一般の店などでロケを撮影する場合、むろんのこと内装や、設置されている家具そのほか、とにかく相手の持ち物すべてにおいて、傷つけるのは絶対に許されない。事前に保険を組む場合もあるが、弁済ではすまないトラブルになる可能性も高いという。

「このドラマではそこまで派手なアクションはないですが、それでも暴れてなにかにぶつかることも計算のうえです。その場合は役者に怪我《けが》などがないよう、あえて壊れやすい小道具を配置したりしますが……個人の家屋を借りた場合だと、ね」

「そうか、床とかまでは傷がつかない保証がない？」

「そういうことです。ちなみに、今回の『珈琲探偵』作中の喫茶店『シャ・ソヴァージュ』はアンティーク風のしつらえですし、モデルになる店もロケハンしましたが……床材や壁材を傷めてしまうと、とてもじゃないですが、補償金額内ではおさまらないかと……」

「あー……ですよね」

シリーズ通してのメイン舞台となる喫茶店『シャ・ソヴァージュ』は、フランス語で山猫を意味する。灰汁島の行きつけの喫茶店をモデルにしているが、そちらは『うみねこ亭』。安直にもほどがあるネーミングだとは思うけれども、最初に決めた際にはこれしかないと思ったのだ。

そしてその『うみねこ亭』は、いつも店主のいるカウンターをはじめとして、ヨーロピアン・ウォールナットを多用している。使いこまれたからこその輝きを持つ什器《じゅうき》のなか、ひときわ目を引くカウンター奥の壁面収納だ。

さほど詳しくない灰汁島でもわかるマイセンや古伊万里というメジャーなものから、店主が選んだ一点物らしいアンティークのカップセットがずらりと並ぶ。木製パーティションやそのほかのしつらえも、さりげなくよい品ばかりだ。

（あの店で、派手なアクションの乱闘？）

うつくしいカップ類が粉々になる光景を想像しただけでぞっとしてしまって、灰汁島はぶるぶるとかぶりを振った。

「到着しました、こちらです。そのまま中にどうぞ」

「お、お邪魔します」

広い施設内をそこそこ歩いてようやく、目的のセットにたどり着いたようだ。『関係者以外立ち入り禁止』の張り紙の横を抜け、目隠しに建てられた巨大パーティション、設置されたプレハブドアのなかへとはいった灰汁島は、そこに『シャ・ソヴァージュ』が存在しているのを見つけてどきりとなった。

「う、わあ」

重厚な木製のカウンターやテーブルセット。壁面にしつらえられた棚には、それぞれに柄の違う、けれどどこか統一感のあるアンティーク風カップ。もちろんフェイクやレプリカを使っているというが、ぱっと見の高級感がすごい。

カメラから見切れる部分については、それこそベニヤやコンパネ、鉄骨やブルーシートが丸出しになっているし、カメラやライトなどのケーブルが垂れ下がったり床に養生されていたりと、ものものしい。

けれど、画角の内側になる部分はそれこそ、あの『うみねこ亭』がほぼ移築されたのではないかというくらいに、アンティークな雰囲気の喫茶店になっている。

ふだんは冷静な早坂もさすがに興奮したようで、灰汁島を見あげ声をはずませる。

「これはすごいですね、イメージボードは企画書で拝見してましたけど、お見事……！　ね、灰汁島さん」

「は、はい。すごいです」

こくこくとうなずけば、微笑ましそうに万亀山が目を細めた。

「カフェしつらえ専門の撮影スタジオもあるんですけど、今回のイメージとは違うってことで、そちらは使わないことに。美術さん、すごくいい仕事してくれました」

「ですね、ちょっとこれは感動」

「いい画《え》が撮れそうですね……あ、ぼちぼち撮影するみたいだ」

「ああすみません、ではそちらの端のほうへ、移動お願いします」

はじめてのドラマ撮影見学に怯《おび》えていたことも忘れ、灰汁島はただただ感心し、プロの仕事にテンションがあがるのを感じた。

邪魔にならないよう、セット脇の死角になる位置へ移動したところで、ひげ面で四十がらみの男性が現れた。小声で万亀山と会話した彼は、灰汁島たちのもとへと近づいてくる。目があうと、その鋭さに灰汁島はすこしたじろがされた。

「先生、こちらご紹介します。今回の監督の……」

「吉兆平治です。このたびは、わざわざ」

吉兆の顔立ちはいささかコワモテだが、低い声はやわらかで、落ち着くものがあった。

「あっ、灰汁島セイです、よろしくお願いします」

へどもどする灰汁島の横で、完璧な笑顔を浮かべた早坂が「白鳳書房、早坂です。このたびはよろしくお願い申しあげます」と名刺、そして持ってきていた紙袋をだす。

「これ、先生とわたしからの差し入れで……監督に。皆様のぶんは万亀山さんにお預けしてありますので、あとで楽屋でどうぞ」

「お気遣い感謝です。大事な作品預かりますので、いいもの撮らせていただきたく思います」

大人同士の挨拶を手短に終えると、「では」と監督はすぐに持ち場へと戻っていく。職人肌らしく愛想のないタイプだったが、雰囲気は穏やかで、仕事人として灰汁島は好感を持てるタイプだと思った。

吉兆が戻ってすぐ、場のざわめきに変化が起きる。アシスタントらしい青年らがボードを抱えて走り回ったあと、声を張りあげた。

「それじゃ、オープニングカット撮っていきます」

「お願いしまーす」

ぴりっと全体に緊張が走る。灰汁島は小声になって万亀山に問いかけた。

「このあとで本番なんですか?」

「いえ、これからはランスルーと言いまして、本番に近いテスト撮影です」

「あ、リハーサルとは違うんですよね?」

「カメリハは、気になる点があったら逐一止めて修正したりしますが、ランスルーはその修正を元にして、ほぼ本番と同じ状態でやります」

いまはその合間、役者たちは休憩やメイクなおしをおこなっているため、告知やオープニングに使う無人の喫茶店のカットを撮るのだという。

「これに、あとから編集して人物をはめこんでいく予定です。いまは音声は不要ですからいいですけど、役者がはいって台詞を言う場面になったら、お静かにお願いします」

「なるほど、わかりました」

それにしてもひとが多い。いままでせいぜいCDの収録現場を、それもモニター越しに見ただけだった灰汁島にとって、カットの声がかかるたび数十人単位のスタッフが動き、カメラの位置を変え、マイクを、モニターを、その他機材を動かす現場は、なんとも目まぐるしく、熱量もすさまじかった。

「そっち、カメラ移動しまーす」

「はい、せーのっ」

かけ声とともに、レールに乗せたカメラを横にスライドする。まさか人力でぜんぶやっているとは……と驚き感心している灰汁島の肩が、背後からそっとたたかれた。

「ん？　なんでしょう……って、あっ、水地さん！」

「や、先生。おひさしぶり。って、こないだもラインしたけど」

にっこりと笑って長い指をひらひらさせているのは、俳優の水地春久だ。以前に灰汁島が舞台『寂寞のレイライン〜古の守り手と蜜の乙女〜』の楽屋裏まで訪ねた際に顔をあわせ、その後なぜかラインのお誘いが来てつながってしまっている相手だ。

もともとは人気ボーイズグループのリーダーだったというこのベテラン俳優は、ものすごく目立つ美形という感じでこそないが、端整な顔立ちや挙措動作のうつくしさ、独特の存在感を持っている。

今回のドラマで、唯一灰汁島がキャスティングについて要望したのが、水地の起用だった。当初は参考までに名をあげたのだが、監督も同意。そのため、彼だけはオーディションではなく、オファーの形で最初から話が通され、本人もまたそれを理解している。

「このたびはご指名いただいたそうで、ありがとうございます」

胸に手をあて、仰々しく一礼するのはおそらくわざとだろう。茶目っ気のあるそれに苦笑しつつ、灰汁島はうなずく。

「いや……なんか、イメージ的に、水地さんだなあって思いまして」

「イメージって、原作だとだいぶおじいちゃんですよねえ?」

ぼくそんなに老けてますかね。水地は笑う。とんでもない、とあわてて灰汁島は両手を振ってみせる。

「いやそういうことじゃなくって、この間のお芝居でもほんと、どっしりしてらしたので」

はじめて顔をあわせた舞台での水地はラスボスの王様役で、長髪のウィッグに衣装もゴージャスだったが、この日の彼は白いシャツに黒のカフェエプロン。胸当てもある素朴なタイプで、髪型も地毛をごく平凡なセットにまとめているだけ。

それでもノーブルな容姿と雰囲気があり、独特の存在感を放っている。

「水地さんなら年齢関係なく、やっていただけると思ったので」

「うっわあ、プレッシャーかけてくるなあ、先生」

「えええ、そんなつもりはっ」

あたふたしながら、灰汁島はまた両手を振る。落ち着きのないそれを見て、水地は笑った。

「灰汁島先生、おれより背ぇでかいのに、なんか小動物っぽいですねぇ。おもしろいなあ」

「挙動に身長は関係ないのでは……」

「アハハ！　やっぱりおもしろい！」

どこがツボにはいったのか、からからと水地は笑った。そのあとふっと表情を変え、「ひとついいですか」とささやくような声に変えてくる。

「なんでしょう？」

「本日の見学で、もしかするとあまり、楽しくないことがあるかもしれません。……さきに、お詫びしておきます」

「え？　どういう――」

わざわざ声をひそめた水地の、不穏な発言。意味がわからず、妙に胸騒ぎを覚える。だが灰汁島が問いただすより早く、その場にスタッフからの声が響いた。

「八郷さん、はいりまーす」

その瞬間、現場の空気がひりついたのがわかった。

灰汁島が目をやると、さきほど自分たちもはいってきた入り口から、細身の青年がはいってくるのが見える。横にいる三十代ほどの男性がタブレットを手にあれこれと言っているが、マネージャーかなにかだろう。

「……あちらが主演の八郷創成さんです」

万亀山が小声で補足し、灰汁島もうなずく。だが紹介されずとも、オーラのあるたたずまいですぐにわかった。

八郷創成。さほど芸能関連に詳しくない灰汁島だが、近年は瓜生のおかげで若手俳優らの出る舞台や動画、テレビなどを見る機会も増えた。そうして知ったが、八郷は同世代のなかでも群を抜いて人気の俳優だ。

今回の主人公、零ヶ浦宇良は毒舌の長広舌、かつ皮肉屋のキャラクターだ。大仰な言い回しも多いそれをじっさいの人物がやる場合、半端な演技力ではただ上滑りしたものになってしまう。

幸いなことに、今回の制作側、そして監督も脚本家もきちんと原作を読みこみ、「だからこそ八郷創成で！」と熟慮の末で決めたと聞いている。

生で見る八郷は、色が白く繊細で、全体に神経質そうな印象のある美形だった。衣装は原作のキャラクターと同じく、白シャツとベストにスラックス。髪型も挿絵を意識したのだろう、目もとが隠れそうな前髪を尖《とが》らせて固めてある。

もともとキャストが決まったあとにも、衣装や髪型デザインについて確認のデータは見ていたけれど、現物をこうして見るとあらためて思う。

「水地さんとかナチュラルなのに、彼だけ、二・五っぽいウィッグなんですね？」

なんの気なしにつぶやいたそれで、隣にいた水地が一瞬だけ、眉をひそめた。どうかしたのか、と視線を向ければ、やわらかく微笑む。

「異色の主人公という印象をつけたかったので、って演出意図だそうですけど……」

そう深いつきあいではないけれど、出会いの出来事が出来事だけに、水地がかなりはっきりものを言うタイプなのはわかっている。その彼があきらかになにか言いたげで、けれど言葉を濁している。

（なにか、あるのかな）

――楽しくないことがあるかもしれません。

思わせぶりな言葉のさきにあるものを、灰汁島はすぐに知った。水地とともにいる灰汁島へと一瞬だけ目を向けた八郷に、万亀山が手をあげ近づこうとして――足を止める。

ぎょっとするほど鋭い視線は、灰汁島に向けられていた。そしてあきらかに、なにか強い感情が感じられた。

（え、……にらまれてる？）

「あいつ……」

隣にいた水地がため息をつく。いったい、と灰汁島が問うより、万亀山の言い訳のほうが速かった。

「あー……あ、えっと、いま役にはいっちゃっているので、ちょっと彼、ご挨拶は……」

冷や汗をかいている彼のとりなしに、「おかまいなく」と早坂が微笑む。

「ご多忙なんでしょう、きっと気を張ってるんですね」

「そ、そうなんですよ。役者さんって神経質だから……アハハ……」

「なるほど」

表面は如才ないけれど、灰汁島より早坂のほうが、礼儀については厳しいところもある。というよりはっきり言えば、けんかっ早い面もある。表面上は受け流しているが、目がまったく笑っていない。

「……神経質なやつが、挨拶もしに来んで、メンチ切りよっか……？」

ものすごく小声の早坂の言葉は、おそらく灰汁島にしか聞こえなかっただろう。だがそれが、若干なまっていることに気づくと、灰汁島の胃がまたきりりと絞られる。

（やばい。早坂さんわりとガチ怒りだ。こわい）

大抵なことには鷹揚《おうよう》な早坂だが、九州男児は筋が通らないことや舐《な》められることが大嫌いで、売られたけんかは買うほうだ。

担当編集のふだん柔和な笑顔がぴりっとして、その場の誰もが口を閉ざした。

「――水地さん、お願いしまーす」

「あ、はーい！」

スタッフが声をかけてきたことで、水地ははっとなり、どうにか笑顔を作った。

「……ごめんね先生、あとでまた」

「あ、すみません、わたしもちょっと……」

「あ、はい。水地さん、頑張ってください。万亀山さんも、お気遣いなく」

ぺこぺこしながら離れていく万亀山と水地に愛想笑いをしたのち、灰汁島はふっと眉をひそめた。水地のいまの謝罪は、場を離れることだけではないようだった。そしてさきの言葉にあわせて鑑みるに、これは、なにかあるのだろうか。

（えええ、なんか厄介……？）

面倒ごとはいやなんだけどな、と思いながら、灰汁島はちらりとかたわらの早坂を見下ろす。にこにことしているけれども、いつもよりかなり表情がかたい。なにかを警戒している様子に、こっそりとため息をついた。

「ではいきまあす！　カット十二、シーン一！」

ＡＤの声が張りあげられ、「お願いします」とそれぞれが答える。

灰汁島と早坂はテストモニターが見える場所へと招かれ、そこから見学するようにと伝えられた。

さきほどまでは無人だったセットの喫茶店。カウンターには水地が立ち、客のエキストラが予定の位置に配置。そしてセットのセンターに位置するテーブル席に、八郷が陣取る。

「お願いします。サン、ニィ、……」

カウントされ、一斉に全員が沈黙した。撮影開始。エキストラ役の女性がふたり、セット内の入り口ドアからはいっていく。

『いらっしゃいませ』

穏やかな顔で告げるのは水地扮する店長。他愛もない会話をしながらカウンター席に女性客が座る。注文を聞き、世間話をしながらコーヒーの準備にはいる店長。

（あ、ハンドドリップのやりかた、完璧）

ドリッパーをセットする手際や、店の動線のとおりなめらかに動く水地は、まるで『うみねこ亭』の店主が若返ったかのようにすら見え、ひっそりと灰汁島が息をのむ。

『……そうなんですね。ああ、表くん。お願いします』

そうして女性客の分のコーヒーを抽出する合間に、奥にいた店員を呼ぶ。本来女性キャラで、店長の孫だったキャラクターは、性別と年齢を変え、設定も孫から単なるアルバイトの大学生へと変更になった。演じるのは若手アイドルの与野詩朋《よのしほう》。見るからに若い彼は、役柄に同じく十八歳だと聞いている。

『お待たせしました、本日のブレンドです』

にこやかに笑って、センターにいる零ヶ浦――八郷のところにコーヒーを運んだ彼は、ほんの一瞬、目をしばたたかせた。同じくスタッフや、カウンターにいる水地も、どこか空気がかたい気がする。

（……なんだろ？）

一瞬妙な間があった気がしたけれど、テストだと言っていたし、なにかミスでもあったのだろうか。怪訝に思う灰汁島のまえで、表を演じる与野が、物語を動かす台詞を口にする。

『そ、ういえば、聞いてくださいよ零ヶ浦さん――』

不慣れなのか、テストだからか、あきらかに与野の声はぎこちなかったとは思う。

だがそのあとに続くはずの台詞は聞こえてこず、不自然なほどの無言の時間が訪れる。

（これ……）

灰汁島はこの日のシナリオについて、一応目を通してはいる。とはいえ、流れのすべてを記憶しているわけでもなく、現場で多少の改変もあるとは聞いていた。

しかし、原作にもあるこの会話のパターンは、忘れるわけがない。無邪気に話しかける表を鬱陶しそうに遮り、宇良はこう言う。

——ぼくは珈琲を味わいに来ているのであって、味者《まいしゃ》の囀《さえず》り囂《かまびす》しいのは望んでない。

——どういう意味ですか。

——タワラの話は面倒くさいし要領を得ない。つまり聞きたくない。

——ねえ、それって馬鹿にしてます⁉

——それすらわからないとは、相変わらず迂愚《うぐ》なことだ。姦《かし》しく騒ぐばかりで、誰も彼も頭がずいぶんあたたかいらしい。いや繊弱なだけか？　ならば失敬。

毎回こうした会話が導入で、怒った表と宇良の掛け合いから、事件の話にはいっていく。いわばお約束の流れだ。やたらに持って回った鬱陶しい言い回しが宇良の特徴であり、煙に巻くような物言いで、監督も脚本家も、そこはあえて残したいということで、長台詞をほぼ原作のままにとりいれていた。

しかしいっさい口を開こうとしない八郷に、全員が息をのむ。表役の与野は青ざめ、水地は表情にこそ出さないが、苦いものが視線に混じっていた。

緊迫した空気に誰もが戸惑っていれば、苦い顔をした八郷が手を振りあげた。

「——ねえ、やっぱ納得できないんだけど、これ」

それは、あきらかに台詞ではなかった。不快そうに顔をゆがめたまま、彼は立ちあがり、吐き捨てる。

「なんか、この台詞、変。気持ち悪いから、変えたいんだけど」

「……きもちわるい」

灰汁島が思わず復唱すると、一斉に、その場にいる人間の意識がこちらに向いた。思わずぎょっとする間も、八郷は眉間のしわを深くして、ぶつぶつと言い、首をかしげている。

「なんかこの……なんか、おかしいんだよ」

その姿はすこし幼げで、一見かわいらしくすらある。だが、さきに発した言葉のインパクトと剣呑な空気に場は凍ったまま。隣の早坂も表情をかたくしているし、すこし離れた場所でスタッフと話していた万亀山が急いで駆け寄ってくるのが目の端に見える。

なにかが起きてしまった。しかも自分がその中心に立たされている。

(え、なに、これ)

事態が灰汁島の理解を超えて、身じろぎもできない。ひときわ強い視線を灰汁島に浴びせかけた張本人は、灰汁島の無反応に焦《じ》れたように舌打ちした。

「ちょっと聞いてね」

八郷はそう言うなり、すっと背筋《せすじ》を伸ばし、声の張りを変えて台本を読みあげた。

『ぼくは珈琲を味わいに来ているのであって、味者の囀り囂しいのは望んでない。』

しんと静まった撮影所に、彼の声だけが響く。とくに芝居はつけていない。

『相変わらず迂愚なことだ。姦しく騒ぐばかりで、誰も彼も頭がずいぶん……あたたかいらしい。いや繊弱なだけか？　ならば失敬――』

途中、喉が絡みでもしたのか、一瞬奇妙な間が空いた。灰汁島のような素人でも、芝居のための『間』ではないと気づくレベルだったが、八郷は一瞬眉を跳ねあげたのみだった。

『――愚昧《ぐまい》になにを言ったところで無駄がすぎる。ああ、まったく、無駄だった』

棒立ちの無表情でつらつらと台詞を読んだ、それだけ。なのにその一瞬、場は完全に八郷の声にのまれた。

灰汁島もまた、そこに自身の書いたキャラクターがいるように錯覚した。しぱしぱと目をしばたたかせ、すごいな、と素直に感心した次の瞬間、その幻想が霧散する。

「……やっぱりなんか変だよ。言いまわし変えたいんだけど、いいよね？」

自分にまっすぐ向けられる視線の意味。挑発的なそれに気づけば、賞賛してもいられない。彼の姿はたしかに、イメージしていた毒舌主人公の姿を体現している。ギラついた目つき、シニカルに片頬だけゆがめる嗤《わら》い。そこにいるだけで感じる、圧。非常にかっこいいし、様になってもいるが――そのままのテンションで感情をぶつけられても困ってしまう。

ちらりと横を見れば、早坂はうっすらと笑んだまま、眉と唇をひくつかせていた。他方、万亀山は真っ青になってあわあわと周囲を見回している。そして、モニターセットの奥で座っていた監督、吉兆は、椅子を蹴り倒す勢いで立ちあがった。

それらの異様な空気をすべて無視するように、八郷は灰汁島だけに話しかけてくる。

「ねえちょっと、訊いてるんだけど？」

いらだちにも似たものが含まれたそれに灰汁島が硬直していると、鋭い声が響いた。

「――待て、ストップ！　止めて、ぜんぶ止めて！　八郷、先生になに言ってるんだ！」

「なにって、だからこの台詞が――」

「さっきさんざん話しただろうそれは！」

「だから納得してないってば！」

慌てたように声をあげ、駆け寄ったのは吉兆、そして八郷に同行していた男性だ。

「ちょっと、ちょっとやめなさい八郷くん、どうしたのっ」

「参河さん、だって気持ち悪いんだよ。吉兆さんは話したって言うけど、おれは納得してない」

参河と呼ばれた彼は八郷のマネージャーらしい。青い顔でどうにかなだめようとするが、吉兆も八郷もヒートアップするばかりだ。

「だからその台詞、原作のなかにある重要なポイントで――」

「はあ？　シナリオ読んだけどそんなわけない。いかにも頭のなかだけで書いた台詞って感じで、口に出すほうのこと、なにも考えてないじゃん！」

ぎゃんぎゃんと言いあう言葉は、もはやディスカッションではなく、けんかだ。ひりついた空気のなか、灰汁島はさきほど水地が耳打ちした言葉の意味をようやく知る。

場の空気が悪すぎる。たしかにこれは、楽しくないかもしれない。灰汁島はため息をこらえられなかった。

「気持ち悪い……は、ぼくに、言われちゃってますかね？」

「も、申し訳ありません、先生……話しあいはしたんですが」

万亀山が真っ青になって頭をさげているが、なんと返せばいいのかもわからない。

(さっきさんざん話した……って、なるほど)

会話の流れから察するに、おそらくランスルーまえの時点から、八郷はこの調子でいたのだろう。吉兆らは八郷を説得し、納得させたと思っていたのだろうが、同じ役者である水地は、なにかこうなることを予測していたのかもしれない。

とはいえ、八郷の指摘は事実でもある。灰汁島は文章を構築する際、字面のうつくしさにはこだわるが、「しゃべるとき」のことなど考えて執筆していない。文語体とまではいかないが、ライトノベル特有の文体は独特で、言い回しもくどい自覚はある。

(うん、まあ、よく言われたことでもあるなあ)

とくに灰汁島のそれはクセが強く、苦手な人間がいることはよく知っている。ネットのレビューでもよく見かけるし、かつては投稿サイトに寄せられていた『辛口書評』という名の罵声とそれに伴う人格批判に比べれば、八郷の発言程度たいしたことはない。

なにより、過去に関わっていた、そして一度灰汁島をつぶしかけた初期担当、結木《ゆうき》蔵人《くろうど》は、この手のことを毎度のように吐き捨てていた。

——本当におまえの文章、下手だしつまんないし。なにがよくて売れるんだ？

あれは、おのれがクライアント側、つまりは上位であるというある種の思いこみで、ヒエラルキーを勝手につけていたからこそでもある。

だが——八郷の場合のこれは、どういうことなのだろう。

（撮影ってかなりタイムテーブル厳しいよね。こんなことで揉めて、時間無駄にするのって悪手だと思うんだけど）

灰汁島も本日の香盤表——ドラマ撮影のタイムスケジュールは見せてもらっている。それによるとワンシーンを撮り終えるのは何時から何時、という具合に決められていたし、役者のスケジュールもむろん、決まっているはずだ。

なのに周囲の大人たちが総掛かりでたしなめ、状況を見ろと言ってもまだあらがうのはいただけない。八郷は自分の主張を通さずにいられないほど、若いのだろうか。

「……えっと申し訳ないんですが、あの方は役者歴は長いんですか？」

灰汁島は、真っ青になっている万亀山に問いかける。そしてその質問により、彼はますます顔色をなくした。

「わ、若手ではあります……えっとあの本当に、ご不快にお思いかと思いますが、なにとぞ」

「いや、謝らなくていいので、ええと」

どう答えれば角が立たないのか、必死になっているのがわかる。責めるつもりもないし、困ったな、と灰汁島は眉を寄せた。

「あのすみません、他意はないです。単純にぼくは彼をあまり知らないので、訊いただけで」

「えっ……？」

灰汁島の発言が、ちょうど言いあいの狭間《はざま》に挟まり、その場に響いた。そして驚いたことに、八郷はぎょっとしたような、傷ついたような顔をしてこちらを見る。

（あ、そういえば役者に「知らない」ってわりと致命傷だってイサくん言ってたっけか？）

自分を自分として認知されていないほうが気楽な灰汁島にはわからない感覚だが、反応を見るにそうなのだろう。

イキっているけれども打たれ弱いというやつだろうか。ネットではよく見かけるタイプだ。噛《か》みついてくるのに、いざこちらが反論すると急にしおれる。

だが、ショックを受けた顔をする八郷の言葉に、その場の全員が困惑し、凍った。

「なんで？　直していいか訊いただけなのに。もしかして怒った？　嘘でしょ、なんでそんなこと言うの？」

眉をひそめた彼を見かねたのか、水地が「八郷！」と厳しい声をかけた。

「いいかげんすこし、控えなさい」

「え、なに水地さん。なんで怒って――」

「参河さん、ちょっとなんなのこの子は。おたくの事務所、教育どうなってんの」

「申し訳ない、本当にこのたびは――」

水地までが参戦し、吉兆は頭から湯気を噴きそうにマネージャーへ抗議する。八郷はべそをかきながらも灰汁島をにらみつける。ますますカオスは深まり、万亀山は汗だくになりながら頭をさげ続けている。

「先生、申し訳ありません、ほんとに、あの」

「だから、謝罪はけっこうですので――」

言いかたを間違えた、と思ったのは、万亀山がさらに悲愴な顔になったからだ。

「あ、えっと謝罪を受け取らないって意味ではなくて、ほんとにぼく気分害したりしていませんので」

「しかしっ……」

じっさい灰汁島本人の感覚としては、怒っているわけではなかった。よくも悪くも自分に対しての評価がマイナスなことに慣れきっているので、いまさら傷ついたりもしない。

ただ、面倒くさいことになったな、といううんざり感はさすがにある。目のまえでひとがわめきあうのは苦痛だし、仕事が予定通りに進まないのは、とてもよろしくない。

（……はじめてのドラマ撮影を見学に来たら、主演俳優にディスられてるのだが）

現実逃避に浮かべた脳内モノローグ。乾いた気分になりながらも、ちらっと目をやれば、セットのなかで吉兆と水地ふたりがかりで説教をされている八郷の姿があった。

なんで怒られているのかわからない、という感じでむすっとしている、見た目だけはたしかに非常に、零ヶ浦宇良っぽくはあるのだが。

（というか、八郷氏、空気読んでほしい）

灰汁島に思われるなんて相当だ。これだけの人間が関わる仕事の現場で、ひとりいきり立って空気を悪くする、その事実に気づけない相手のことを、心底残念に思う。

自分の感情より、絡まれている状況と、それに対して真っ青になっている大人たちがこちらを一斉にうかがっているのがいやだ。数十人の目が向けられ、灰汁島の次の言葉に身構えているのがわかる。

（あ、だめだこれ）

さきほど、あれだけ輝いて見えたセットもなにも、ひどく色あせていた。ただただむなしく、疲労感だけがどっと肩にのしかかる。

灰汁島は、自分がコミュニケーションに難のある人間である自覚が、それはもう、ある。うっかり素をだすと空気が凍ることも多いから、けっこうなところまでは、我慢するように努力している。

しかし同時に、一線を越えるとすっとすべてに冷め、ヤケクソになる部分があるのもまた、自覚している。そしてそうなると、止まらないことも。

「早坂さん、あの……」

だから判断に困って、隣にいる担当に問おうと思った。早坂が我慢しろというなら、このあと無言で突っ立っているくらいはしてもいい、そのくらいには彼に恩義も信頼もある。

だが灰汁島は、ある意味で早坂未紘《みひろ》という人間を、見誤っていた。

「……ばりムカつく。なんちゃ《なんだ》あいつ、たいがいにせえ《いいかげんにしろ》」

「えっ？」

聞き慣れない言葉をまた、耳にする。あらためて早坂の顔を見ると、見たこともないほどの無表情。ふだん、にこにこ穏やかな彼しか知らない灰汁島は、ぞっと青ざめた。

「あ、あの～……早坂さん」

「はい、なんですか？」

早坂は、灰汁島を見あげてにっこりと笑った。笑顔の圧が強い。小柄な彼のいったいどこから、というオーラを全身から立ちのぼらせていた。

（あ、やばいこれ。キレかかってる）

九州男児が沸点を超えそうになっている。怒った早坂はけっこう手がつけられない。山《さん》椒《しょう》は小粒でもピリリと辛いのだ。

灰汁島のみぞおちが、ますます冷えた。

「せ、先生、あの」

万亀山が、どうにかしてほしいというようにすがる目を向けてくる。しかしこうなってしまっては、もう灰汁島にもどうしようもない。

どうしようもないが——言うしかないだろう。灰汁島は口早に提案する。

「これもう、見てる意味ないですよね。ぼく撤退したら、なにか迷惑になります?」

一瞬で、しん、と場が静まりかえった気がする。あ、なにかやってしまった気がする、と灰汁島は思うが、撤回するよりも早く、にっこりと早坂が微笑んだ。とてもこわい。

「いいえ。なりませんよ」

「そ、そうですか」

「はい。灰汁島さんの都合がついたから、撮影途中でも見学に来たわけなので。都合が悪くて途中で帰ったってかまいませんよ。ええ、なにもおかしくない」

相変わらずにこにこしている早坂が怖い。これはむしろ放っておくと爆発するのはこちらかもしれないと、灰汁島は口早に言った。

「じゃあもう帰ってもいいですよね? ね?」

「そうですね、帰りましょう。……万亀山さん、それでは」

「あっ、あの、早坂さん、先生——」

焦った声をあげる相手にかける言葉もなく、灰汁島はきびすを返す。その背に、不思議そうな声がかかった。

「え、待ってよ、なんで帰るの? 変えていいかどうか、返事まだ聞けてない」

「八郷くん！　もう黙って！」

参河の声はもはや悲鳴だった。振り返った灰汁島の腕を引き、早坂が「いいから」と笑ったまま言う。

「……失礼しまーす」

力なく言って脚を早めた灰汁島の背中に「ねえってば！」という八郷の声がぶつけられた。

（さすがに、追いかけては来ないか。監督が止めてるのかな）

あそこまで凍った空気のなか、発言できるのはいっそすごい。しかしいったい彼はなにがしたいんだろうか。ひどく疲れた気分で首をかしげつつ、もと来たルートをたどる。

通路の案内板はそこかしこにあったので、セットを抜け、出口に向かうのはとくに苦労しなかった。もうあとすこしで場内を抜けるころになり、早坂が苦い声でつぶやくように言う。

「現場を一度は見てみたほうがいいって言ったのはおれですが……これは、灰汁島さんすみません。判断をミスりました」

「いえ、早坂さんのせいではないです。それに、あれじゃあ見ていてもしょうがないですし、ぼくがいると主演のひと、ますますいきり立っちゃいそうでしたし」

「正直、あれはないです、ほんとに……失礼すぎる。聞かせたくなかったです」

早坂は悔しそうに言うけれど、いやあ、と灰汁島は頭を掻いた。

「ネットのレビューとか掲示板のほうがよほどえぐいことは言われてるので、たいした攻撃力ではなかったんですけどもね」

「えっ？」

けろりと言ってのければ、早坂は驚いたように目を瞠り、ふっと苦笑した。

「そうでした、あなた、灰汁島さんでしたねえ……」

「なんです、それ」

「いえいえ。……でもじかに言われる無礼さはまた違うでしょう？　不愉快では？」

「うーん……それもあの、例の元担当には、もっとひどいことしょっちゅう言われてたので」

慣れている、と灰汁島は苦笑気味に言う。はっとしたように顔をしかめた早坂へ「まあ、だからそれはいいんです」と口早に告げ、話を戻した。

「とにかく現場が揉めちゃうのは困りますし、ぼくに答え求められるのも違うと思ったので」

灰汁島は作品の原作者であり、著作権保持者だ。ある意味では最終決定権を握ってもいる。むろん、これだけのプロジェクトになれば、いろんなしがらみやお金の問題もあって、そう話は単純でないのだが、それでも最終的に【NO】を言えてしまう立場でもある。

ただそういう部分はさておき、今回のドラマの「シナリオ」を作ったのは脚本家、そして監督をはじめとする制作スタッフ陣だ。

「あそこで、もし『灰汁島セイ』さえ説得できればお墨付きだ、なんて誤解されても困るでしょう、皆さん」

「それはまあ、はい」

シナリオはもちろん小説のままとはいかず、それこそキャラの性別、年齢、場面の変更や時系列の入れ替え、台詞の置き換えと、アレンジはおこなわれている。灰汁島も最終的にチェックをしてはいるが「違うものになる」ことも含めて納得し、ＯＫをだした。

つまりはその時点で、灰汁島にとってあの台詞は、自分が書いたものではないという認識になっている。ドラマの撮影において最終的な権限を持つのは監督だろうし、その監督である吉兆があの台詞を、原作の「ママイキ」としたなら、それなりの理由があるはずだ。

専門のクリエイターがそうと決めたものを、いくら原作者であれ門外漢が口をだすのは、よほどでない限りは筋が違うと灰汁島は思っている。

「だから、そういうのわかんないレベルで若いのかなあって思ったけど……」

「――先生」

もうあとすこしで出口にたどり着くところまできて呼び止められ、灰汁島は振り返る。追ってきたのは、衣装のままの水地だった。おや、と驚いて目をしばたたかせれば、がばりと深く頭をさげられる。

「このたびは、本当に申し訳ありませんでした」

「え、なんで水地さんが」

「八郷は、うちの事務所の所属なので……」

だとしても、こうした場合に頭を下げてくるのは、マネージャーとか代理人ではないのかと思ったが、おそらくいまは監督となにがしかの話しあいをしているのだろう。

察しはつくが、さりとて灰汁島もどう対応したものか戸惑い、微妙な笑いしか出ない。

「えと、事前に仰りたかったの、この件でしたか？」

撮影前の件を指摘すると、ぐっと水地が眉を寄せ、さらに頭をさげた。

「正直、直前までごねてたんです。ただあいつ、ちょっといまむずかしくて……でもまさか先生にああいう態度とは……」

「むずかしい？」

「ああいや……内輪の話です」

「はあ、そうなんですか」

ごく静かに、灰汁島は相づちをうつ。ここまできてもさらに言葉を濁す水地に、これ以上は突っ込んでも無駄だろうと思う。彼もきっと言えない事情がなにか、あるのだろう。

そしてじっさい、灰汁島はそれを知りたいとは思っていない。

(じゃあ、しょうがない)

だから、眉を寄せている水地に向かって、ストレートに言った。

「えっと、謝罪はべつにいいので。内輪の話は、内輪でおさめてどうぞ、としか」

ぎょっとしたように早坂がこちらを凝視した。水地は息をのみ、端整な顔をこわばらせる。

灰汁島は、他意がないと理解してもらえるよう、穏やかに微笑んで続ける。

「なにかご事情があるんでしょうけど、ぼくが聞いてなにが変わるとも思えないので」

「……っ、はい。申し訳ありませんでした」

「いいですって。重ねて言いますけど、水地さんが謝ることじゃないですから。……じゃあ、ぼくはこれで」

一礼した灰汁島は、背を向け、歩き出す。水地は目を伏せ、頭をさげたままだった。

「あ、ええと、……し、失礼いたします」

やりとりの間、無言で息をのんでいた早坂は、我に返ったようにはっとなり、水地に会釈をして追いかけてきた。

そのあとしばし、ふたり並んで無言で歩いた。

入り口の警備員に関係者パスを返し、外へ出る。ごたついたせいでだいぶ時間が経ったように思っていたが、訪れたときと太陽の位置がさほど変わっていなかった。

「……帰り、バスでいいですかね？　タクシー来るかわかんないし」

歩きながら早坂に言えば、「アプリ見てみます」とスマホを取りだした彼が、ふっと苦笑して言った。

「しかし……言いますね、灰汁島さん」

「え？　言いますね、って？」

なにを言われたのかわからず目を丸くすると「いやいやいや」と早坂が苦笑した。

「めっちゃ刺しましたよね、最後」

「え？　いや、事務所の話なんでしょ？　ぼくに言われてもなにもできません、それが撮影に響いたならやっぱり、ぼくに言われてもですし」

トラブルはもう起きてしまったし、台詞の改変については自分の判断する領域ではない。ひらたく言ってしまうと、こうして謝罪される意味も正直、わかっていない。

「正直、謝られても意味がよくわかってなくて。だから、許すも許さないもなく、その必要を感じていないというか……水地さんが悪いわけでもないのに、頭下げられて困っちゃったんで、やめてほしかっただけなんですが」

なにを刺したのだろうと思いながら言えば、早坂は目も口も開きっぱなしだった。

「え、なんか変なこと言いました……？」

これでは本当に、ネットミーム化しているラノベ主人公ムーヴだと思いつつ、灰汁島は頭を掻く。あきれともつかない顔をしていた早坂は、しばし灰汁島を凝視したのち、深々とため息をついた。

「そうでした……あなた、灰汁島さんでしたねえ～……」

「なんかさっきも言ったけど、どういう意味です？」

「や、もう、いいです、いいです」

なにがいいのかわからないけれど、早坂はすくなくとも先ほどのように険しい気配ではなくなっている。灰汁島はほっとした。

（ひとが怒ってるの、ほんとに苦手だ）

灰汁島は小心者なので、できる限り、関わっている人間には機嫌良くすごしていただきたいと思うのだ。険のある声を聞きたくないし、その場に存在するのもいやだ。

さきほど出てきたのも、けっきょくはそんな、自分勝手な理由でしかない。揉めごとに関わるのは本当に好きではないし、ひりひりした空気が苦手でどうしようもなく胃が痛くなる。まして、理由のわからない絡まれかたをされたとなれば——。

「……ン？」

なにかが妙にひっかかって、灰汁島は首をかしげた。しかしそれを掘りさげるより早く、早坂が「灰汁島さん」とあらたまった声をだす。

かたわらを見れば、いつになく真剣な顔をした彼がじっとこちらを見て、頭をさげた。

「それはそれとして。……申し訳ありませんでした、きょうは」

早坂に謝らせてしまったことも、ひどく堪《こた》える。やめてくれ、と灰汁島は手を振った。

「それこそ、早坂さんが謝ることじゃないですよ」

「いえ。結果として灰汁島さんだから穏便に済んでるだけです。きょうのこれ、ひとによっては大もめの末に版権引きあげを言いだしかねない事態です」

「え、こわい」

半目でうっすらと嗤う早坂は、もしかしてそんな経験があるのだろうか。ぶるりと思わず震えた灰汁島に苦笑した早坂は「ただ」と声のトーンを一段階落とした。

「いやな話ですが、きょうはともかく、すこし尾を引く可能性もあります」

「そうなんですか?」

「あれだけスタッフがいますからね、人の口に戸は立てられぬ、ですよ」

灰汁島は顔をしかめた。それはじっさい、そうだろう。あの場にはまだ学生ではないかという若さのスタッフもいた。雑務や重労働のアルバイトは、昨今、アプリを使って当日のみ、ということもある。箝口令《かんこうれい》が敷かれたところで、彼らにまで通達が行き届くかは怪しい。

「ともあれ後日、制作とか監督のほうからもお詫びがあるかと」

「えっと……それについては、全権そちらにお任せしたいんですが」

「そこは申し訳ないですが、受けていただくしかないです。謝罪も受け取ってもらえない、と相手様が思うかもなので」

うわあ面倒くさい。と思ったことはすべて、顔に出ていたらしい。

「先生はとくにご立腹ではないので、と伝えておきますが、おそらく謝罪の場を、とか言ってくると思うので……一応、相手の顔も立てていただきたく……」

「ワカリマシタ……」

とても、とても面倒くさい一幕は、このあともすこし尾を引くようだ。

灰汁島は空を見あげる。雲ひとつない快晴が、やけにむなしく感じられた。

＊　＊　＊

――八郷創成。二十三歳。俳優。

デビューは女性誌の投票制人気コンテストでグランプリを獲得したことがきっかけ。当時はまだ北海道に住む高校生だったが、芸能事務所にスカウトされて上京。二十歳のころには特撮ヒーローの主役に抜擢《ばってき》された。子ども向け番組ながら、特撮系が若手俳優の登竜門と呼ばれるようになって長いが、八郷もご多分に漏れず。あまい顔立ちは主婦層の人気を呼び、高い演技力は一般層のみならず、業界からも評価された。その後は順調に映画や舞台、テレビドラマなど、人気俳優としての道を順調に歩んでいる。

「思ったよりはキャリアあるんだなあ」

ウィキペディアの記事を確認した灰汁島は、ため息をついた。ブラウザのタブを閉じると、同時に開いていた別タブが現れ、要所要所に赤色を使った、いかにもゴシップ専門といった雰囲気の、毒気の強いデザインロゴが目に飛びこんでくる。

写真つきの記事見出しがブロック状に並んでおり、ページ上部にはＰＶ《ページビュー》ランキング順、それ以外は閲覧者アカウントのアクセスデータをアルゴリズム解析した、おすすめ記事がずらりと並ぶ。

そのなかに、うんざりするような見出しが躍っていて、灰汁島は顔をしかめた。

【イキリ八郷創成、ドラマ現場で暴言！　撮影中止トラブルに、原作者激怒!?】

悪辣と冷笑がたっぷりコーティングされたようなゴシック体にうんざりする。

「……やっぱり漏れたよねえ……」

八郷に関してのあれこれは、もしかするとゴシップになるかもしれない、とは早坂には言われていたが、まんまとこのざまだ。

あの日、言い争う八郷たちをおろおろと見ている顔ぶれのなかに、すこしだけ愉悦をにじませる顔をしていた者もいた。灰汁島があの場を去りたかった最大の理由がそれだ。ああいう無自覚な邪気はたちが悪く、目《ま》の当たりにしたいものではない。

世の中の大半は、他人に対して本当に『他人事《ひとごと》』だ。攻撃意図が明白な悪意というものはさほど存在しない。ネットの炎上などを見ていればよくわかるけれども、いたずら心程度で小石を投げて大事になり、むしろ身を守ろうとしての過剰防御が散見する。

（彼も、そうなのかな）

つっけんどんで、無礼で、意味がわからない。けれどこちらが場を乱したくないこともあり、彼の訴えをスルーしたら、まるで子どものように驚いていた。

あれが端的な反抗心やわがままだとは、どうにも思えない。八郷にぶつけられた言葉はきつく、感情は強く、だが敵意や悪意のようなもの——ネットのゴシップ記事の見出しにまぶされたようなイガイガしたそれは、感じなかった。

だから、『理由のわからない絡まれかた』そのものが、腑《ふ》に落ちなかったのだといまはわかる。現場ではやはり、灰汁島も混乱していたらしい。

「……でも、あれを理解するには、情報と解像度が足りなさすぎる」

つぶやいて、灰汁島は耳からはいってくる自分の言葉にうなずいた。自分が引っかかった理由はわかった。だが根底の部分はなにひとつ、解決していない。

八郷を知らない。ドラマの業界も芸能界のセオリーも知らないし、本音を言えば「言われても困る」。だから水地に、そっちのことはそっちでどうぞと言ってしまった。

灰汁島としては本当に、いやみのつもりはまったく、なかった。むしろ、内々のことでおさめてくれるならそれでいいですよと、言ったつもりだったのだが。

——めっちゃ刺しましたよね、最後。

早坂があぁ言ったということは、それこそ意図せず攻撃的な言語になっていた、ということだ。灰汁島は頭を抱える。遅れてやってきた羞恥と後悔。水地は不愉快だったのではなかろうか、もしくは傷つけたのではないかと思うと、血の気が引いてくる。

「あー……だから書き直しできない会話は苦手なんだよなあ……！」

頭を抱えてもんどり打ちたい。しかしこの狭い部屋で、灰汁島の長身でそれをやるには場所が足りない。最近は瓜生も多忙で、数カ月ばかり会えていないから、気づけば床はまた資料本や趣味の本でタワーができはじめている。

早く片付けるためにも、この仕事を終わらせたいのに、八郷の件が小骨のようにひっかかっていて集中しきれない。

（誰かに、聞いてもらいたい）

さすがにストレスになってきて、灰汁島はため息をつく。しかし誰にだ。

考えを整理するためにもとっちらかった頭の中身を誰かに話したいが、制作段階のドラマ案件だ。うっかりした相手に言って漏れでもすれば、さらなる炎上になりかねない。逆に、そういう点での信頼はばっちりだが、業界が近すぎる瓜生に言うのは、はばかられる。

ならば業界から遠い家族や親戚となれば、事情をわかっていなさすぎて、話すこと自体が大変すぎる。むしろそのことでストレスが増しそうだ。

「ぼく、ともだち少ないからなあ……」

どうしたものかと腕を組んで、ふと思いだしたのは、先日の瓜生の言葉だった。

――誰か、モデルにしたひととかいたのかなあって。

「廿九日、隆研……」

灰汁島の数少ない友人のひとりであり、ドラマの脚本を何本も手がけ、業界にも詳しい。

長年のつきあいで、信頼もおける。

頭も切れるし、そして――なにより無意識のまま零ヶ浦宇良のモデルにもしていた男だ。八郷を理解するための解像度を、あげてくれるかもしれない。

灰汁島は椅子にだらしなくもたれていた身体を戻し、ディスコードアプリを起動した。フレンドの表示を見れば、廿九日はオンラインになっている。時刻は現在、二十一時すぎ。ふだんは会社員をしつつ脚本家と兼業だと言っていたが、彼はフレックスで昼夜逆転気味のはず。このくらいなら非常識とは言われないだろう。

【おひさしぶりです。廿九日さん、いまお時間ありますか？　話聞いてもらいたいことがあって。手があいてたらでいいですが】

灰汁島は勢いのままタイピングし、メッセージを送る。オンライン表示になっていても、相手がすぐに返信するとは限らない。ひとによっては作業中だったり、別のチャンネルでオンラインゲームの通話中だったりすることもあるからだ。

（落ち着け……）

それでも気ははやる。すこしどきどきしながら待つこと、数秒。

【悪い、メシ食ってたわ！　ひさびさだな！】

愉快な踊るキャラクタースタンプとともに、廿九日からの返信が表示された。ほっとして【いまだいじょうぶですか？】と問えば【じつはまだメシ食ってんのよ】と返ってくる。ならばのちほど、と入力しかけたところで、レスポンスが来てしまった。

【だから、そっちがよけりゃ、通話でどう？】

「え……」

正直、すこし驚いた。知り合ってからいまのいままで廿九日とは、顔も知らない、声も知らない、チャットだけのつきあいだった。けれどそれは灰汁島が音声通信というものに臆していたからだ。

肉声、とくにネットでの音声通信というものは、文字情報のみのチャットに比べ、考える以上に情報が多い。基本的な生活音だけでなく、マイクの性能がよければ、呼吸音、喉鳴り、口をあける際に唾液が粘る音まではいりこむ。それから声質。単に聞きづらいというだけでなく、場合によっては生理的嫌悪感を催す場合もあるという。

ドラマCD収録の立ち会いで、あらためて名称を知ったが、これらは『リップノイズ』と呼ばれ、すべて雑音扱いでNG。もちろん声優らはプロであるから、それらが起こらないように訓練も準備もしている。

それらのことがなまじ知識として頭にあっただけに、あまり知らない相手に肉声を聞かせることは、むしろ不愉快にさせるのではないかと怯えてしまっていたのが、過去の灰汁島だ。

だが、いまは、それでもいいかと思っている自分にこそ、驚く。

——先生じつは声いいですよね。

それこそCD収録の際、音響監督に、お世辞でもそう言ってもらえたこともある。

（……うん、そこまで不愉快な声ではない……と思いたい）

迷ったのは一瞬。たぶん、灰汁島の知る廿九日なら、あっさり受け止めてくれるはず。

うん、ともう一度うなずいて、灰汁島はキーボードをたたいた。

【じゃあ、通話でお願いします】

【お⁉　マジすか。オッケーそんじゃあ、かけちゃいますよっと】

短い電子音が数回繰り返され、ディスコードでのボイスチャットに慣れていない灰汁島はいささかもたつきながら、通話をオンに切り替えた。

とたん、聞こえてきたのは、ぐつぐつというなにかの煮える音。

『オッス！　悪いね、じつはうどんすき食っててさあ。ひとり鍋はじめたとこだったのよ』

言うなり、ずぞぞ、と豪快に麺を吸いこむ廿九日に、灰汁島はぽかんとしてしまった。

「……ふ、アハハ！　お、音声通話、はじめましてなのに、廿九日さん」

『いまさらだろ。行儀悪いけど勘弁してくれよぉ、さっき一本仕事納品したとこなんだわ。デッドギリだったんできょう、メシも食ってなくて』

「それは失礼しました」

こちらは口をあけるのすら不快感を与えたらどうしようと思ったのに、この勢い。そして、いままでチャットでしか知らなかった、けれどぼんやり「こうだろうな」と思っていたそのままの、低くてすこしかすれた、けれどあたたかみのある声をした廿九日に、納得する。

『やー、でもあれだな、十年以上ダチなのに、声聞くのはじめてってすげえな』

すごい、は楽しそうに笑う廿九日こそだ。ふつうなら、どういう心境の変化だとかいろいろ訊いてきそうなものなのに、そのあたりの詮索をしようとしない。豪放磊落《らいらく》で、同時に繊細な気遣いもできる。だからこそ、灰汁島のような面倒な人間とも長くつきあえるのだろう。

あらためて、珈琲探偵・零ヶ浦宇良のキャラクター造形に、彼が強く影響していることを実感した。宇良は陰、廿九日は陽の違いこそはあるが、どちらも他人に対して臆さない。

要するに廿九日の言動は、無遠慮さが非常に、際立つ。

『まあ、でも顔は知ってるけど。よっ、イケメン作家』

「うっ……やめてくださいよ、もう……」

『なんでだよ、マジでイケメンだったじゃん。驚いたわ』

からからと廿九日は笑った。

かつて瓜生と顔だしで対談をおこなった際の雑誌を、廿九日は掲載誌すべて購入したそうだ。あげくには瓜生がユーザーとの言いあいでムキになり、ネットにアップしてしまったという灰汁島の隠し撮りまで保存していたという。

『あれは瓜生衣沙の写真の腕がよかったよな』

「奇跡の一枚だったんで……ってぼくの顔の話はいいんですよ！」

『わっは、悪い悪い。ようやく【アクシ】と会話できて嬉しいんだよ』

アクシ、はまだデビューまえ、コミュニティでのチャットチャンネルにはいった際のハンドルネームだった。いま思えば自意識過剰だが、ペンネームそのままも恥ずかしいと思っての略名だったが、そこで知り合った廿九日はいまも、その名で呼びかけてくる。

「……アクシって呼ぶの、もう廿九日さんくらいですよ」

『えー？　あーでもそっか、あの茶場《チャット》にいたやつ、ほとんどデビューしちゃったもんな』

「はい。なんとなくみんな、ペンネーム呼びで定着してますからね」

ぽんぽんと行き交う言葉は気持ちよくなつかしい。いまではすっかり下火になった創作系SNSのメンバー限定ルーム。廿九日とは、こんな具合で毎晩、原稿のかたわらにチャットルームへ入り浸り、話しこんだものだった。

ちなみに廿九日は、ペンネームだけで十を超える名がある。ネットゲームに至ってはゲームごとにログイン名を変えるありさまなので『転生』されると探しきれない。

脚本家としてじわじわ売れはじめ、いちばん世に出ているのが『廿九日隆研』。周囲に散散「仕事するなら名前を統一しろ」と言われ、告知のためのSNSをいくつかやっているので、ここ数年やっと名前が定着した感じだ。

『にしても、アクシおまえあれな。マジ、顔だけじゃなくて声もいいんだな』

「そ、そんなことは……」

『あるって。顔写真見たときも、これでDTとかやっぱ信じられねえって思ったんだわ。嘘なんだろ？』

「そっ……」

突然のシモネタに、灰汁島はぐっと息をのんでしまった。うっかりしていたが、そういえば廿九日はこういうからかいを向ける男だった。そして当時はまだ若く、じっさい性体験もなく、以前の担当から受けたパワハラと肉食系女性作家のスケープゴートにされたせいで、その手の話題には即時「やめてください」とムキになって返していた。

（しまった）

だというのに、この妙な沈黙と、間。気づかれるだろうと思ったら案の定『え、なにその反応？』と声音が変わる。

『はあー？　え？　マジで？　いつの間に卒業したの？　おれらのアクシが非童貞に⁉』

「いやあのほんと……やめてください……」

『うっそ、ショックだわ！　おめでとう！　もうアクシって呼べねえな、灰汁島先生だ！』

「ほんとやめて、お願いだから」

顔じゅう真っ赤にしながら、しばらく怒濤のからかいに耐えた。だがさすがに長くいじられ続けるのもつらくなり、灰汁島は強引に話を変える。

「と、ところでぼくも、この間見ましたよ、深夜のやつ。廿九日さん脚本の」

『お、わはは、『アイアイ』見ちゃったかあ。めっちゃチープだっただろ？　予算聞いたら驚きの安さだぞ。なにしろおれにまわってくる案件だからな』

幸い、悪乗りはするがしつこい性格ではない廿九日は、すぐに話題を軌道修正してくれた。

廿九日の最新の仕事は、深夜放送のアイドル番組『AI$《アイドル》★アイドル』略して『アイアイ』で設けられているドラマコーナーだ。まだこれから売りこみをかけるレベルの知名度の低いアイドルたちが、毎回ひとりずつ主役となるB級ホラー仕立てになっている。

「でも、けっこう話題になってる番組だってネットで見ましたけど」

『まあなあ。ホラーってのはパーフェクトなエンタメだし、二十分間かわいい女の子とかイケメンの、怯え顔と悲鳴が堪能できるのも、刺さるひとには刺さるからな』

番組としてはコア層向けながら、なぜかそのドラマコーナーで主演になったタレントは、しばらくのちにブレイクする事例が立て続けに起きていて、一部にはカルト的な人気のあるシリーズらしい。

『メインライターが人気のおかげで忙しくなっちゃってな。監修まではギリできるらしいけど、書きおろしは無理ってなったんで、こっちにまわされたけど、まー、きっつい』

オファーの時点で撮影まで二週間という日程で、二〇分のショートドラマ。それも一話完結ながら、なんとなく全体の流れは整っていなければならないらしい。

『本来なら過去作品ぜんぶ見るとこだけど、それやってるだけで締め切り来るから、詳しいやつに話聞くのと、……まあ褒められた話じゃねえんだけど、今回ばかりは、ファスト動画てやつを見ちまった。過去全話、ひとつ三分以下でわかる状態になってたから』

「あー……」

ファスト動画。いわゆるダイジェスト、切り貼り動画の存在は、制作者の権利を侵害するものとして、問題視されている。創作者として、灰汁島も、むろん廿九日も複雑な思いはある。けれど今回に限っては『ファスト』の名のとおり、資料映像としては使えたらしい。

『助かったけど、おれの仕事も三分にまとまるんだなと思うとなかなかこうな。忸怩《じくじ》たるもんはあった』

苦笑いする廿九日に、灰汁島は「わかります」と似た声音で返した。

「それでもすごいじゃないですか、テレビドラマのシナリオ。シリーズ任されたんでしょう」

『テレビ番組の原作者様がなに言ってんだ。つか、そうそう。それこそおれ、『ヴィマ龍』のアニメ見てたんだわ。円盤も買った』

「え、え、ありがとう……！」

『あの話のプロトタイプから知ってっから、すげえ感慨深かった』

楽しそうに言う廿九日は、もちろんアニメ化決定時にも、放映時にもメッセージやチャットで「おめでとう」の言葉をくれていた。ネット仲間の大半はそうで、だが肉声で祝われるのはひどく気恥ずかしくもある。

「まあでも、いまってなんでも元ネタが欲しい時代だし、たまたまメディア化してもらったってとこだと思うから」

だからつい、照れてそんなことを言ってしまえば『おい、それ違うぞ』と廿九日が真声で言ってきた。

『灰汁島さあ、アニメ化だ、ドラマ化だって、喉から手が出るほど欲しがってるひともいるわけなんだから、そういう物言いやめろや。やりたくてもできん連中に失礼になるぞ』

「えっ、そんなつもりは……！」

慌てる灰汁島に、廿九日は苦笑した。

『おまえの場合は本当に、自己評価が低すぎて却ってフラットになってるだけだってのもわかってるけどさ。ひとによっちゃ地雷だよ。謙遜もすぎると嫌みってやつだ』

「う、うん。気をつけます……」

灰汁島はひやりとした。もしや自分はすこし傲《おご》ってでもいたのだろうか？　もっと報われないひとたちもいる、そんなあたりまえのことが見えないくらいに？

いまの幸運を、おのが実力と見誤りたくはない。だが廿九日の言うことはいちいちもっともで、そのとおりだと思う。思わずへこみそうになるが、大人な友人はちゃんとフォローもいれてくれる。

『まあ、謙虚なのがおまえのいいとこだし、おれも仕事柄わかるとこはあるがな』

それこそメディア側の内情にさらに詳しいだけに、身動きがとれない立場でもあると廿九日は言った。

『テレビ屋はいろいろシビアよ。予算だ、事務所の意向だ、スポンサーのお達しだ……いろいろあって、オリジナル脚本とおることなんて、もうめったにねえしな』

「さっきのアイドルドラマって、オリジナルじゃないんですか？」

『言ったろ？　シリーズだから、ベースの企画はあちらの持ちこみ。見せ場的なものとか、ぜんぶ決まってる。そのうえで要件満たすように書くのがおれの仕事』

灰汁島は目をまわしそうになった。不器用な自分には到底、やりこなせない案件だ。

「む、無理……」

『灰汁島は、だろうなあ。でも、おまえ脚本とかには基本、口出ししないんだろ？　それだけでも偉いっつか、現場は助かるよ』

しみじみと言われ、灰汁島は驚いた。まだドラマの話などいっさい廿九日にはしていない。

「え、な、なんか、どっかからぼくのこと、聞いてます……？」

『そらまあ、業界的に話が回るのはええから』

どんな話が回っているのやら。ぞっとするようなことを言う廿九日に震えつつ、灰汁島はこの件について、話の出元を追及することはやめた。

「ていうか、メディア化に口出ししないのって、あたりまえだと思ってたんですけど」

『それって、おれから話聞いてたからか？』

「も、ありますけど、うーんと……だってぼくが書いてるのはあくまで【文字】であって、音も、映像も、そりゃイメージとしては頭のなかにありますけど、リアルのそれを作るわけじゃないですから」

脳内でのイメージというのは、自由なぶんだけ混沌としている。筋道が立っていないし、時間や空間の概念も存在しない。対して文章、ことにエンタメ創作においては、言語を秩序だてて構築しなければ、相手にイメージを伝えることすらできない。

「でも、文章を読むのってじつのところ、時間の概念って存在しないようなもんです。読んだ個人の読書速度と、脳内での再構築と解釈に委ねられるから」

たとえばミステリの伏線に気づいて、さきに読んだ場面と、いま読んでいる場面を同時に頭のなかに浮かびあがらせられる。これはある意味で、時間の概念が脳内ではあやふやだから、過去と未来が同時に存在することが可能、とも言える。

『そうだな』

「けどこれが、映像や音楽になると、絶対的な時間軸が存在しますよね。巻き戻す以外に方法がない。タイムラインが絶対であることが前提の行動、現象になる。だから、カット割りやシーンが非常にタイトに細かく設定される」

『あと身も蓋もないこと言っちまえば、集団制作である以上、スタッフやキャストのスケジユールも絶対だからな。なにより【尺】がある。予算についても、絶対だ』

「そうですね、小説家は……まあたまにチーム作成されてる方もいますけど、ぼくの場合なんかはだいたい、九割方はひとりでやる仕事ですし、裁量権もほぼ、ある。プロット通らなかった場合はべつですが」

『いや、プロットってプレゼンだろ？　それはネタが悪かったっていうより、おまえのプレゼン能力が低かったって話じゃねえ？』

企業的な考えを持っている廿九日はずばりと言い、灰汁島も「そのとおりですね」と笑う。

「デビューしたてのころとかは、根本的にプロットの書き方を勘違いしてて、それで通らなかったところがあります。単なるあらすじの、それも編集の言ってきたリクエストをよく吟味もせず、ふんわりぼんやり盛りこんで」

『で、実作になったらふんわりすぎて書けなくてボツってやつ？　あのころ、ぼやいてたな』

連日のようにチャットで仲間たちと励ましあっていた十年まえを思いだす。PCモニターの真ん中にはいまと同じテキストエディタがあって、その端っこにはいつでも、チャットツールのポップアップが途切れることなく立ちあがっていた。

「そういえば当時、廿九日さんのプロットがグラフなのも見せてもらいましたね。……まったく参考になりませんでしたけど、勉強にはなりました」

廿九日の物語の構築法は独特で、感情曲線と話数とエピソードをグラフにして提出する、というものだった。プレゼンとしては目新しくフックもあったが、一部には「意味がわからない」と却下されもしたらしい。

『最近はあくまで自分用にして、相手のわかりやすいカタチにして提出することも覚えたぞ』

「アハハ。さすがです」

いかにも『おれがあわせてやってる』というふんぞり返った態度の廿九日に笑っていると、

『で、どうした』と、穏やかな声に問いかけられた。

『なんかあったんだろ？　おれに話したいとか、それも通話オッケーなんて、わざわざよ』

やわらかい声が、気遣いをひそませて灰汁島に届く。気づけば、うどんをすする音もなくなっていた。本腰をいれて話を聞く、ということだろうか。

「……いや、うどんすき食べ終わったから、本題にはいっていいと思いましたね？」

『ヤダ〜灰汁島くんわかってるぅ〜！　……ってわけでメシ終わったから聞くぜ』

にやりと笑う顔が見えそうな、おもしろがる声。まじめに相談しようとする灰汁島の気負いを吹き飛ばすそれに、肩の力が抜ける。

「ちょっとぼくにも把握しきれてないので、グダりますよ？」

『ダチの会話なんかそんなもんだろ。話してみ』

オラこい、と雑にそそのかされ、ああもう、と灰汁島はやっぱり笑ってしまう。

「……オフレコお願いできます？」

『だからおれに言ってるんだろ？』

そして、相談相手に廿九日を選んでよかったと思いつつ、このところ頭を悩ませている、あの現場で起きた出来事を、思いつくままに話しはじめた。


「……というわけで、非常に疲れた出来事でした」

あらましを話し終えると、廿九日《ひずめ》は『なるほどなあ』と苦笑していた。

『さっそく現場らしい洗礼受けてんなあ』

「らしい……ですか」

『人間の集団だからな。なんかしらあるわ。よっぽどのベテラン勢が揃《そろ》ってるとこならまだ、いろんな意味で統制もきくだろうが……若手の多い現場だろ？』

「そうですね、登場人物みんな若いし、スタッフさんも全体にそうでした」

監督である吉兆《きっちょう》からして、まだ四十代。正直あの現場でいちばん年齢がいっていたのは、制作会社の万亀山《まきやま》ではないだろうか。灰汁島《あくしま》がそう言うと『吉兆平治《へいじ》か、なるほど』と廿九日が言う。

『アノヒトなら、そら主役ととっくみあうだろうなあ』

「もしかして知り合いです？」

『それこそ『アイアイ』でな。二年くらいまえだったかな？　コラボ企画で吉兆さんが参加してきたんだけど、まぁこだわるひとでさ。すっげえ鬼リテイクだった。時間ねえっつうのにな！』

言葉ではくさしているが、なつかしそうに言う廿九日の声にはあたたかいものがにじんでいる。現場で挨拶した程度ではあるが、誠実そうだと感じた灰汁島の印象に間違いがなくてすこし、ほっとした。無意識に微笑《ほほえ》むと『話戻すが』と廿九日が言い、あわてて顔を引き締める。

『低予算でもクオリティにこだわる監督と、自分の解釈枉《ま》げられない役者じゃあ、現場のドンパチは必須。もちろんシナリオにも文句は来る。で、そこに【元凶】のおまえがいたから、これ幸いと食ってかかったんだろうことはわかる』

「元凶ってひどいですよ」

『はは。原作者サマな。でも、著作権ホルダーがいちばん強いってことくらいは、さすがにわかるだろ』

「まあ、それは、はい」

これにには灰汁島も同意する。メディアミックス作品などでは最終的に、原作著作権保持者が「ＮＯ」と言ってしまえば、それでおしまいになるだけの権利が保障されている。

『となりゃあ、八郷創成《やさとそうせい》にとっちゃ、おまえがラスボスってなわけだ』

じっさいのところは出版社や制作会社や代理店、とにかく関わったすべての人間にまつわるしがらみ、思惑、忖度《そんたく》などなど、言うほど自由ではないわけだが、それでも誰よりストレートな権利があるのは事実だ。

「ラスボスって、そもそも、べつにぼくは敵じゃないんですけど」

『そこよ。役者ってのは厄介なもんでな。作品にいれこめばいれこむほど、自分のなかで固めたものと、台本《ホン》のささいな言い回しにひっかかったりする。アドリブでそれらしくいじってOKな現場もあるが……吉兆さんはどっちかっていうと原作至上主義者なんだ』

「あ、それはなんとなく」

瓜生もそれらしいことを言っていたと思いだす。原作のリスペクトが強いからこそ、吉兆作品は絶賛されるのだとか。

『だからおそらくだけど、自分なりに台詞《せりふ》をいじりたい八郷と、そのまま言えっていう監督のディレクションがぶつかった結果、流れ弾が飛んできたってとこだろ』

「あー……そういえば、もうその話はしただろ、とか言ってたような」

とばっちりとは言わないが、タイミングも悪かったのかもしれない。間が悪かったのか、とため息をついた灰汁島に『ただなあ』と廿九日がうなった。

『八郷ってたしか、この間事務所変わったんじゃなかったっけ』

「そうなんですか？　ちらっと、水地さんの後輩とかは聞いたんですけど」

『それよ。まえの事務所で揉《も》めて、水地《みずち》春久《はるひさ》のとこに移籍したって』

灰汁島はふと、あのとき水地が漏らした言葉を思いだす。

――ちょっといまむずかしくて……ああいや……内輪の話です。

妙に濁した水地の言葉は、そういうことだったのだろうか。しかし匂わせるようなつもりなどなかっただろう、水地もいささか疲れている感じがした。

(なるほど、内輪の話)

水地に訊《き》けなかったことを廿九日に問うのは反則な気もしなくはない。けれどこれ以上ももやもやするのも気分が悪く、灰汁島は思い切って問いかけた。

「揉めたって、それどんな?」

『聞いた話だが、まえの事務所のマネージャーが、かなり八郷についてコントロールしてたっぽいんだよな』

「コントロール?」

灰汁島が意味を摑《つか》みあぐねていると廿九日が苦笑する。

『前提としてな、いわゆる役者バカみたいなやつって、ふだんがポンコツだったりするわけ。演技にのめりこみすぎて人格アレしちゃったり、日常生活めちゃめちゃだったりな』

「あー……わかんなくは、ない、かも」

灰汁島も覚えがある。作劇にはいると、意識が作品世界で生きるようになってくるのだ。

主人公がどう考え、どう行動するのかにシンクロして、現実は時間経過すらもあやふやになり、おろそかになる。『そういや、おまえはそういうタイプだったな』と廿九日がなつかしそうに笑った。

『最近はだいぶ、器用でスマートな連中も増えてるけど、八郷は典型的な役者バカってやつでな。ひとたび芝居にはいると、なにもかもを演技に全振りしちまうらしい。で、それをマネージャーからスタッフから総動員で囲って、ふだんの言動からインタビューの応答から、いちいちマニュアル作って指導して、もしくはいっさい口開かせないとか、徹底してたと』

「それ、かなり窮屈なのでは……?」

日常の言動から管理されているとなれば、相当だ。『だからやめたんじゃねえか?』と廿九日の声も苦い。

『いくら芝居できりゃあいいって役者バカでも、……いや、役者バカだからこそ、納得いかねえ台本で踊るのはさすがに、いやだろうよ』

灰汁島は「そうでしょうね」と苦くうなずいた。作品以外の部分で、望んでもいない型に勝手に押しこめられ、自分の言動を枉げられる不愉快さには覚えがある。

『で、我慢できずに移籍したわけなんだが、じっさいそっから、八郷の評判落ちてるんだ。さわりだけ話したが、契約関連も相当揉めたって話、ネットでもゴシップ誌でもガンガン書かれて、業界どころかそこらじゅうに知れ渡ってるよ』

じっさい、八郷については「態度が悪い」「わがままで手にあまる」などと、廿九日のほうにも噂《うわさ》が流れているという。

「事務所移ったくらいで、そんなに世間の評判、急激に変わるもんなんです？」

『まあ、ひとつはおまえが見てきたとおり、コントロール利いてないんだろうよ。水地さんとこって、個人事務所に毛が生えたくらいの規模だろ？　となれば、八郷にべたづきで管理できる人員がいるかどうか』

「……なるほど。もうひとつは？」

『いやな話だが、こっちが本丸だな。けっきょくのとこ、事務所の印象操作にメディアが乗っかってんだよ。タレントが手の内にいる間には、イメージダウンするような記事はだささない。逆に、移籍した相手に対していやがらせじみた妨害工作するなんてのは、むかしは定石だったしな』

「なんかそういうの、独占禁止法違反で公正取引委員会がどうこう、って見ましたけど、まだあるんですか」

さまざまな噂はありつつも実態の見えなかった芸能界だが、近年、悪質な事例には司法の手が及ぶことが増えている。灰汁島が口にしたのもその一例だ。廿九日も『それな』とため息をついた。

『本来は、あっちゃなんねえんだけどな。悪《あ》しき慣習ってやつ。すこし前に比べりゃ、だいぶクリーンにはなってきてるとはいえ、忖度のレベルではまだまだな……』

現場を知る廿九日は苦い思いもたくさんしたのだろう。実感のこもった言葉に、灰汁島はなにも言えなくなる。

「なんかいやですね、そういうの」

納得できない、と声をかたくする灰汁島に『そっかそっか』と廿九日が妙にやさしい声をだした。

「なんですか?」

『いや。理不尽に正しく怒《いか》れるのはいいことだ。……おまえは、そのまんまでいろよ』

妙にしみじみとした廿九日の言葉に、なんだかおもはゆくなる。だが、シリアスムードのままでいさせてくれないのもまた、この脚本家だ。

『おいちゃんはいつか【灰汁島はわしが育てた】って後方保護者ヅラしててやっから!』

「やめてくださいよ、っていうかそんな大物になる予定ないですよ。木っ端作家で」

『だぁから、続けざまのメディア化作家が言うなっつってんだろが。どこまでいけば満足するんだよ?』

「それは――」

なんだか痛いところを突かれた気がして、灰汁島は言葉に詰まる。廿九日はそれを見越していたかのように、笑った。

『口ではそうやって卑下したりするけどさあ、灰汁島はやっぱり才能でごり押してるし、なんだかんだ自己肯定感つよいほうと思ってるわ』

「そんなこと……」

『あるって。つか、そうでなきゃあの失踪騒ぎと炎上のあと、しれーっと戻ってきてふつうにSNS続けられんって』

「うっ」

二の句が継げずにいると、ゲラゲラと廿九日が遠慮なく笑う。これがチャットだったらおそらく『w』の文字を大量に打ちこんだ大草原になっていたことだろう。

――灰汁島さんって面倒くさいところはあるんですが、メンタル弱いかって言われるとじつは若干、うなずきかねるんですよね。

かつて早坂《はやさか》にも言われ、本音のところでは認めたくないものの、灰汁島はじっさい自身が図太いというか鈍い面もあることについて、若干の自覚は生まれてきている。

というより近年とくに、作家名であり商品でもある『灰汁島セイ』と、生身の個人である『阿久島星《あくしませい》』――改名の申請をしたので、あのとんでもない読みは一応、黒歴史として記憶に沈んだままだ――の乖離《かいり》が進んでいるなと思う。

自分の存在価値と作品そのものは、近似値のようで違う。投稿サイトあがりの灰汁島はある意味ではアンチのいなしかたや、ネットに寄せられる有象無象の意見に対するスルースキルは高いほう、というよりも心理的距離《レンジ》をかなり広く遠くに置くほうだ。

『べつに責めてるわけでもなんでもねえんだから、そう困るな。おまえのそのバランス悪い性格、おれはおもしろいと思ってっからさ』

「廿九日さんの『おもしろい』はちょっと……」

『言うよなあ！　おまえほんと、そのどこがよわよわキャラなのよ。もうちょっと自分のことに自覚的になれよ。無自覚毒舌なんだから』

「……」

廿九日のその言葉は、いまの灰汁島にとってクリティカルだった。

――しかし……言いますね、灰汁島さん。

――あなた、灰汁島さんでしたねえ……。

あきれたような、おかしそうな早坂の言葉が脳裏をよぎり、悲鳴をあげてもんどり打ちたくなる。妙な沈黙に、廿九日が「どうした？」と怪訝《けげん》な声を発した。

「や……じつはさっき、本題とは関係ないと思って、省いたんですけど……」

去りぎわの水地とのやりとり、そこから早坂に言われたことまでの一連を話したとたん、返ってきたのはヘッドホンの音声が音割れするほどの大爆笑だった。

『マジで！　内輪のことは！　勝手にしろってか！　すげえなおい！』

「……言いかた間違えたっていまは反省してますよぉ……」

情けない声をあげた灰汁島に、ついには咳《せ》きこみながらの廿九日が謝ってくる。

『いや、ああ、すまん。そうだよな、灰汁島としては、慮《おもんぱか》ったつもりだったんだよなあ、うん、……ヒィ……』

「笑い我慢して変な音立てるのやめてくださいよ」

『ングッフ……悪い……ヒッヒッ……ブフォッ……』

それからたっぷり数分間、廿九日の笑いは止まらなかった。こんなに笑いの沸点が低いひととは思わなかったな、と目を据わらせつつ、自分が悪いのでなにも言えない。

『っはー、悪い、落ち着いたわ、うん』

「ソレハヨカッタデスネ」

ぶすっとした声を発しつつ、顔が熱くてたまらなかった。これだからひとと会話するのは苦手だなと思いつつ、それでも廿九日はまだ、だいぶ「許している」のだな、と頭の隅で感じられた。文字情報のみとはいえ十年を超えるつきあいがあり、彼がなにを好み、なにを嫌うのかくらいは熟知している。

『ふてくされんな、悪かったたって』

「いいですけどね、廿九日さんだから……」

『――あ、だから、それよ』

「えっ？　どれ？」

笑う彼をよそに考えこんでいると、『おれならツッコまれてもＯＫだけど、八郷には微妙な気持ちになったやつよ』と、廿九日は急に真声になった。

『八郷から【理由のわからない絡まれかた】されて、害意は感じないくせにあたりは強い。わけわからん感情ぶつけられて気持ち悪くて、でも自分でなんでそう思ったのかがわかんなくて、ひっかかった』

「……はい」

『それ要は、相手の言動がちぐはぐで、なに言いたいのかわかんなかっただけだろ。言葉ではきつく主張してきて、でも態度っつか、灰汁島に見えてる八郷の感情が言葉に伴ってないから、こんがらがってんじゃねえの』

すとん、と、あの日からずっと奇妙に感じていたものが、腑《ふ》に落ちた。驚いて無言でいる灰汁島に『図星だろ』と廿九日が言う。

「な、なんでわかるんですか」

『脚本家なんてのは、半分くらい打ち合わせが仕事でなあ。ひとと話す機会が圧倒的に多いから、おまえよりは多少見えるんだよ』

打ち合わせするより作劇に時間を割きたいんだが、とぼやいて廿九日は続ける。

『でまあ、いろんなやつと会うわな。そうすると正直、日本語を話してるってのに、言葉が通じないやつってのはいいんのよ。むしろ、通じるやつのほうが少ない。ネットとかはそこが顕著だろ、データのやりとりだけだからな。そのぶん、裏アカだの匿名掲示板だのは、毒沼になりがちだが』

けれどリアルは、情報が多いぶんだけややこしい。廿九日は言う。

『顔を見ればわかるなんて言うけどな、日本人は表情筋がそうアクティブじゃねえし、読みづらい。ただ、それを訓練で動かしてるのが演者《えんじゃ》、役者って人種だ』

「それは……わかります」

瓜生の表情はとても生き生きとしていて、いろんなことがまっすぐ伝わってくる。それは身体能力として鍛えたうえでの表現なのだと、自身のあまり動くことのない、ぼんやりした顔をさすりながら灰汁島はうなずいた。

『でだ。まずおまえは八郷創成を、情報としても、生身の人間としても知らない。そのうえ、かちあったのは本番中で、見た目も頭も役にはいってる。というか、はいろうとしているのに、なにかが阻害されてる。そう感じてる最中の八郷だったんじゃねえかな』

阻害、という言葉もまた、納得できるものがあった。思えば八郷のいらだち、もどかしげで悔しそうな表情は、灰汁島にというより自分に、そして状況に向けられたものな気がする。

「そう……なんですかね」

『まあ、おれの憶測もたいがい、はいってるけど。すくなくとも、手持ちの情報を総合してみた感じでは、そういう見立てだ』

灰汁島は考えこむ。去りぎわの、八郷の驚いたような、すがるような目つき。あれこそにずっとひっかかっていたのだ。

――え、待ってよ、なんで帰るの？　変えていいかどうか、返事まだ聞けてない。

なんだか子どもみたいだな、と思って、きつい語気とのアンバランスさに惑わされた。隣にいる早坂もかなり気分を害していて、それもまた灰汁島を焦らせた要因のひとつだ。

「あ～……そっか、そっかあ……返事、してあげればよかったのかなあ」

もう一歩とどまれば、解決できたのだろうか、そうつぶやく灰汁島に、廿九日がはしごをはずすようなことを言う。

『いや、そうでもねえわ。その場での、おまえの対応は正しいのよ』

「えっ」

やっと納得がいったのにと拍子抜けしそうになりつつ、どうしてとうながせば、彼は言う。

『そこは、おまえが自分で言ったとおりだよ。いくら原作者っつっても、監督と脚本家が編《へん》纂《さん》して、タレント事務所やらスポンサーやら局やらがゴーサインだした時点で、作品としてはもう別物。撮影現場で監督が采配を振るうのもあたりまえ。いくら、原作者がＯＫとか言ったところでいまさら通すわけにいかない。そもそも監督の指示に役者が従えてない時点で、ドラマの現場としてはまごうかたなきＮＧだ』

声は穏やかだが厳しく、業界を知る脚本家の言葉なのだろうと思う。そして前者のそれは、表現者としての理解を示したものだ。

『現場のトラブルなんかは原作者には本来、関係ない話で、灰汁島はなにも気にする話じゃない。ただ、創作者、表現者として、映像がらみはどうしても、ややこしくなるとこがあるってのだけは、理解してくれるとおれとしては嬉しいかな』

「……わかりました、ありがとうございます」

噛《か》み砕いた言葉で、こちらに添った返事をくれた廿九日に、自然と頭がさがる。八郷の本意については、まだ見えないままだが、いろいろ納得いったこともある。

ひとりうなずく灰汁島に『それにしても』と廿九日が言う。

『まさかこの長いつきあいで、アクシと通話する日が来ようとは。長生きはするもんだな』

「そこまで言うほどの年齢じゃないでしょう」

しみじみ言われると恥ずかしい。どういう心境の変化が誰によってもたらされたのかなど、いちばん自分が知っている。勝手に熱くなった頬《ほお》を掌《てのひら》であおいでいれば、廿九日がやわらかな声で告げた。

『いろいろあるけど、役者業界、嫌いになんないでくれよ。チャンスはなんでも摑んでおけよ。おれ、おまえの書くもん好きだし、なんだかんだメディア化向いてると思うのよ』

「きらいになんかなりませんよ。いっぱい、知り合いもできたし……なにかしら世界が拡張されてる感じは、あるので」

『ハハハ！　なるほどな、エリアマップがオープンワールド化した感じか』

彼の好きなゲームにたとえられ「まあそんな感じです」と灰汁島は苦笑する。

『なんにせよ、【新章突入】って感じだな。今後も楽しみに見てる。そのうち一緒に仕事しような』

「ありがとうございます」

その後は四方山《よもやま》話と、共通の友人らのトピックスなどをいくつか話した。むかしチャットで一晩中話したときもそうだったが、廿九日は話題が多くておもしろく、おかげで話が長くなる。結果、想定した三倍は時間をとってようやく、廿九日に仕事の連絡がはいり、通話は終わった。

「はあー……」

ひさびさに、こうもじっくり他人と会話することだけに集中した。疲れて、灰汁島は細長い身体《からだ》をゲーミングチェアにもたれさせた。ほどよく体重を受け止める、人間工学に基づいたという設計に感謝する。

以前は、心が散らかっているそのままに、この2LDKの部屋も散らかり放題だった。

一応のリビングにあたる場所にあるソファベッドとテーブルにノートPCを据え、食事もなにもそこでとり、修羅場が終わったらソファをベッドにするのも面倒でそのまま昏倒《こんとう》するように寝る。そんな生活が身体にいいわけもなく、一時期は心身ともに限界がきていた。

結果、思いだすのもつらい黒歴史となった炎上事件を経て、現在はリビングとダイニング、寝室を、執筆用と生活用にきっちりと使い分け、デスクとゲーミングチェア、ベッドを新調し、かなりまともな、というか人間の住む部屋になった。むろん片付けをした理由の大部分には、大事な恋人を招いて恥ずかしくない部屋にしたかった、というのもある。

——十年以上ダチなのに、声聞くのはじめてってすげえな。

おもしろそうな、でも嬉《うれ》しそうな廿九日の声を思いだす。

たぶん、以前よりは変われているし、いろんな意味で成長もしたのかもしれない。けれど、きょう廿九日に言われて痛感した。自分はまだまだ研鑽《けんさん》が足りない。もっと視野を広げねば。

「……でもどうやって?」

灰汁島はひとしきりうなったあと、体勢を戻してモニターに向き合い、通話中にも開きっぱなしでいたエディタをにらんだ。

いまとりかかっているのは、ドラマ化にあわせて告知された、珈琲探偵シリーズの新刊。雑誌寄稿や特典小冊子などの番外編が数本たまっていたのと、新作書きおろしをあわせての文庫化だ。

ただし、その書きおろしはふだんよりすこし条件が違っていた。

もともと『珈琲《コーヒー》探偵』シリーズは、文庫書きおろしながら一話完結の短編連作だ。長編書きおろしの特別編が二冊出ている以外は、どれも長くて五十ページほどのサイズ感。

けれど今回に限っては、百ページほどの中編で、というのが早坂のオファーだった。

――本にするには、雑誌の再録分だけだとちょっとボリュームがなさすぎるんです。

もちろん、短編を二、三本でもかまわないとは言われたが、それはしたくなかった。

このシリーズは基本短編だが、毎回一冊とおして読むと話がひとつにつながるように書いてきた。だが今回収録する雑誌掲載のものや小冊子は、小ネタや時事ネタなど、お遊び要素やファンサービス的なものばかり。とりとめのない番外編を再録する単行本なのに、さらに小ネタをちりばめるのは、灰汁島としてはバランスが悪い気がした。

「中編、苦手なんだよなあ……」

ネットで好き放題書いていたころから、短編と長編のほうが書きやすかった。デビューしてからも基本的には文庫書き下ろしがメインで、枚数の決まっている雑誌のオファーもそれほど本数を受けたことがない。やったとしてもさきに言ったような記念特典や企画ものなどの、極端に短い話ばかりだ。

（いや、苦手とか言ってられないだろ）

まずはやろう。灰汁島は深呼吸したのち、考えるより早く、キーボードに文章を打ちこむ。

とくに話が浮かばないときは、ひとまず脳内のキャラクターをどこかに立たせ、歩かせる。時代小説の大家が言っていた作劇方法だ。乗れないときは乗れないが、うまくいけば灰汁島を、ちゃんとその場所に連れて行ってくれる。

主人公のふだんの生活。歩く道、訪れる場所。ぽつりぽつりと言葉を綴《つづ》るうちに、いつもなら物語世界が動きだす。

だがこの日、どうにも、脳内は散らかり気味のようで、意味のない行動をぐるぐると書き連ねているばかりだった。いたずらに文字数ばかり稼いでいる文章に意味はない。灰汁島はいま記述した文章を、まとめてデリートする。

ため息をついて、思い起こすのは早坂の言葉だ。

――ドラマ化なので、せっかくならすこし雰囲気の変わった特別編もいいですね。

今回のオファーで早坂にはそんなことを言われているが、その違いこそがネックだ。

基本的にあのシリーズは、いわゆるアームチェア・ディテクティブ。その場から動かない探偵がロジックと情報だけで謎を解き明かしてくタイプのものだ。

しかし、ドラマにするにはそれでは絵面が地味だということで、けっこう大胆にアレンジされていた。メインは作中の喫茶店での推理&心理ドラマだが、合間には脇キャラたちが店を出て、町中で犯人を追いかけるなどの場面もある。

「町中……」

いままで、喫茶店のなかで珈琲を飲むかうんちくを垂れるだけだった雫ヶ浦を、思いきって外にだすとか。いや、しかしどこに？　イメージは特に浮かばない。

ぼんやりしているネタは、封印だ。半端なものを書きたくないし、ヘタをしてドラマの筋書きを真似ただとか言われてもつまらない。

(よく、できてたんだよな)

オリジナル展開を含んだシナリオを読んで、素直におもしろいと思えたし、こういうアプローチもあるのかと感心した。それこそ、うかつに影響を受けないよう自重しなければならないと感じたほどだし、そういう意味でも監督やシナリオチームへの信頼はおける。

だからこそ灰汁島は、八郷がなににどうひっかかったのか、いまだにわからないでいる。

あの日の撮影シーンはそれこそ、原作にあるそのままだった。ならば原作そのものが気にいらない？　と考えたが、そういうわけでもなさそうだった。むしろ強いこだわりを感じた。

「……だったら彼は、なにが言いたかったのかな」

灰汁島はつぶやく。そして、こうしてわからない誰かについて想いを馳《は》せるのは、自分の作劇パターンとも似ていると思った。

まず、場面や事象が浮かぶ。そのあとで、それがなにを意味するのかひたすらに考え、練りこみ、深掘りしてやっと、物語が見えてくる。

「んん～……！　わからん！」

がしがしと灰汁島は頭を掻《か》いた。廿九日と話してほんのすこしだけ見えたと思ったが、けっきょく解像度も情報も、まだまだ足りていないのだ。

八郷についても、手をつけた新作についても、いまは五里霧中。そして販促用のショート

ショートも、他社の雑誌用連載の原稿もある。いつまでもこの一本だけにかかずらっているわけにはいかないのだ。

まとまらないネタをこねまわしたが成果はなく、その日はなんだか無駄に疲れて終わった。

＊　＊　＊

灰汁島が瓜生《うりゅう》に会うことができたのは、並行していた仕事のうち、特典小冊子用の短編と雑誌の初稿を続けてアップした数日後のことだ。修羅場疲れをひとまず回復させたものの、まだ次の仕事もその次も待っている関係上、あまり時間はとれない。

瓜生もまた、いまは新しい仕事の撮影――まだ内容を教えられないのだそうだ――で、けっこう時間を拘束されているということだった。

どうにかお互いのスケジュールの隙間をすりあわせ、落ち合ったのは毎度のうみねこ亭。もう他に客もいない閉店近くの時間だったが、快く迎え入れてくれた店主にほっとしながら、ふたりはカウンターへと腰を落ち着けた。

「お待たせしました。きょうのスパゲッティ、ボロネーゼと、こちらはボリュームたっぷりのミートソースドリアです」

「あああ、おいしそう！」

夕飯もまだという瓜生のために、店主へ「なにかおなかにたまりそうなモノを」と頼んだら、このふたつをすすめられた。おそらくボロネーゼ用のミートソースをいずれも使っているのだろうけれど、瓜生は後者を選び、熱々のそれを嬉しそうにつつく。

「うう、はやく頬張りたいけど、いま口をやけどするわけにいかない……」

「端っこすこしずつとって冷ましたら？」

わいわいと、どうでもいいことを話しあいながら食事する。こんなことがたまらなく楽しくて、そう感じられるいまのひとときが嬉しい。ボロネーゼの濃厚なソースが絡んだパスタもおいしい。知らず頬をゆるめていれば、隣にいる瓜生が大きな目をなごませている。

「な、なに？」

「ん？　先生が幸せそうでよかったなあって。おいしい？　それ」

「食べてる最中になんですか。ぼく、めっちゃくいしんぼうみたいじゃないですか」

「そんな大食漢ではないけど、おいしいものが好きなんですよねえ。ふふふ……イイ……」

笑う瓜生は、多幸感にまみれてはいるが、若干遠い目だ。おそらくいまは恋人モードではなく、いつもの灰汁島セイマニアとして集まったデータにご満悦なのだろう。

「……うん、まあ、ぼくもイサくんが幸せそうでよかったよ……」

「はい、仕事終わりにハッピーです！」

まぶしい笑顔で返されて、灰汁島も笑ってしまう。疲労がにじんだその表情に、瓜生がふっと眉をさげた。

「今回の修羅場、そんなに大変でしたか？」

「あーいや、あがった原稿自体はそこまでじゃ、ないんだけど」

言葉を切り、灰汁島は一瞬だけ周囲を見回す。客の姿はないのはわかっている。さきほど店主は、まだ灰汁島たちがいるのに、ドアに『ＣＬＯＳＥＤ』のプレートをさげていた。かなりの常連である灰汁島は最近、この店の『内輪枠』にいれてもらっているらしい。

（うん、いいか）

だったらこちらも、内輪枠の扱いできっと、いいのだ。この店主は信頼できる。ひとりうなずいて、灰汁島は口を開いた。

「えっと、例のドラマの件。いろいろあってやっぱり、影響してるから」

「ドラマ……」

瓜生ははっと目を瞠《みは》り、一瞬だけ目線で店主をうかがった。そして灰汁島がうなずくと、ならいい、というように彼も表情をゆるめる。そのアイコンタクトに気づいた店主のほうが、逆に驚いているようだった。

「……いいんですか？　その話、わたしに聞かせて」

店主はすこし眉をさげ、そう言って確認をしてくれる。だがそもそも、早坂とドラマの件を打ち合わせしたのはこの店だった。仕事柄聞き流してくれていたのだろう。

こうして確認してくれるひとだからこそ、だいじょうぶなのだ。灰汁島はうなずいた。

「ここをモデルにさせてもらって、たくさん、書かせてもらいましたから」

「ということは、珈琲探偵ですか？」

店主は、すぐに言い当てる。灰汁島の本を読んでいたのは察していたが、シリーズ名まですると出てくると思わず、すこしおもはゆかった。

「はい。あの話が今度、ドラマになるんです。テレビじゃなくてネット配信なんですが」

「立派なことですよ。おめでとうございます」

制作発表はすでに一部の雑誌やネット記事でおこなわれているとはいえ、一般には新聞やテレビで大々的に広告を打たれるくらいでなければ目に留まらないはずだ。素直に賞賛してくれるのがとても嬉しい。灰汁島は照れ隠しの咳払いをする。

「……で、まあ、新作を出そうって話になりまして、スケジュール的に配信開始に間に合わせるには再録の短編集だよねってことで、いままでの雑誌掲載作とか掻き集めてて」

「うんうん、楽しみ。……でも？」

にこにことしながら上手にうながしてくる瓜生に、灰汁島はへにょりと眉をさげた。

「巻末に新作の書き下ろしがある……んだけど……」

中編であることや、ドラマタイアップの特別編ということ。いつもと違うテイストを、と早坂に言われ、考えたこと。さりとてどこに連れ出せばいいのか迷っていること。とりとめなく、灰汁島はふたりへと内情を吐露した。

「物理的引きこもりだった探偵役を、どう動かせばいいのかわからなくなった結果、展開に詰まって……書いては消し、なんです」

頭を抱えると、瓜生はようやく冷めたドリアをきれいな所作で食べつつ、ふむ、と小首をかしげてみせた。ちなみに灰汁島は、ぼやきながらもパスタを食べ終えていて、店主がさっと汚れた皿を引き取っていった。

「めずらしいですね、先生が書いては消しって。ふだん、まったく思いつかないか、見えたっていって一気に書くか、どっちかですよね」

「う……はい、ソウデス」

わかられている、と顔をゆがめた。そうだった、この目のまえの恋人は、『孤狐《こぎつね》』なる名前で十年以上、灰汁島を追い続けているファン……というよりもはや『灰汁島フリーク』の域にはいっている人物だ。ちょっと自慢げに胸をそらしてみせる瓜生がかわいいのと、若干引き気味になるのとで、なんともつかない気分がこみあげてくる。

「しっくりこないと、テキストを書き起こしただけ、って感じになってしまって。それをなんとかするのが一応、仕事なので、なんとかは……なってるんですが」

言いかたは悪いが、灰汁島も一応『売文業』である以上、一定のクオリティ以上のものをだすのは商売上必須だと思っている。そして何度か訪れたメンタル最低の時期などからすれば、今回こねまわしているものも、悪いできではない。

「でも、『すごくいいもの』ってわけではない？」

これも言い当てられ、こくんとうなずいた。情けないなあと思い肩を落とす灰汁島だったが、かけられた声はむしろ共感がこもっていて驚く。

「わかります。及第点なのと、おれ最高だ！　ってときの違い、自分がいちばん気づいちゃうから」

「え、イサくんもある？」

「あるあるです。芝居だってそうだもん。役柄の解像度が足りないときもあれば、演出家さんの意図がつかめなかったり、自分にそれを表現するだけのちからが足りてなかったり……でも幕があがれば勝負するしかないんで、なんとかね、やるんだけど」

「けど、納得いかない……」

灰汁島の言葉に、瓜生はうなずく。

「なにが悪いわけでもなく、不調なときだってある。端的に体調がいまいちとかそういうのもね。もう、ありとあらゆる要素が絡みあいますから。事前にできるだけコンディションは整えていても、ハプニングはあるし」

「お芝居も、そうなのか」

「それこそ自分ひとりじゃないから。監督、共演者、音響、制作、その他もろもろ、どっかがなにかあるとドミノ倒しになっちゃうこともあるしね」

共同作業ならでは、の事態もあり得る。指を折ってみせる瓜生に、まさしく先日、現場が大混乱したのを目の当たりにしたばかりの灰汁島は、いささか力なく笑う。

「……どうかしたの？　先生」

「あー、うーん。今度……話すね」

廿九日には相談したものの、同業者としてさらに八郷と近い位置にいる瓜生に告げるのは、なんとなくはばかられ、灰汁島は言葉を濁す。怪訝そうな顔をした瓜生だったが、訊いてはまずいことだと察してくれたのだろう。そのままなにを言うこともなかった。

（ごめんね）

この沈黙はありがたいが、すこしの気まずさを味わう。じっとカウンター越しに話を聞いていた店主が、コーヒーポットを手に、静かに口を開いた。

「……コーヒーも、似てるかもしれませんね」

「え？」

「それこそ季節や天候で豆のコンディションも変わりますし。ブラジルでは収穫量が隔年で増減する傾向があって、『表年』『裏年』と言われます。前者のほうは、当たり年とも言われたりします」

「へえ……」

「焙煎《ばいせん》の加減、沸かす水の硬さと軟らかさ。そしてサイフォンかドリップか、メーカーを使うのか。淹《い》れかたひとつ、蒸らしや水色《すいしょく》の見当を間違えれば、雑味が出て味が落ちることもあります」

言いながら、丁寧にお湯を落としてふたりぶんのコーヒーを淹れる手つきによどみはない。ふわりと漂ってくる香りは本当に、馥郁《ふくいく》たる、というのにふさわしい豊かさで、灰汁島は知らず肩のちからを抜き、ほっと息をついた。

「どうぞ」

「……いただきます」

ちょうど瓜生もドリアを食べ終えたタイミングだった。こういうのも接客業のなせるワザなのだろうなと思いつつ、香りを吸いこみ、カップに口をつける。口のなかに残っていたボロネーゼの濃厚さ、その後味とはけんかせず、すこしべたつく脂だけはさっぱり洗い流すような、ちょうどいい酸味と苦み。

味のマッチ具合に灰汁島が目をまるくすると、隣の瓜生も声をあげた。

「あっ、おいしいです！　なんだろ、ドリア食べたあとだからかな？　味が違う」

「よかったです。食べ物とのマリアージュやペアリングはワインなどが主に言われますが、コーヒーもまたいろんな可能性があるんです」

「あ、そういう話だいすきです！　どういう組み合わせがあうんですか？」

目を輝かせた瓜生に「そうですね……」と考えこみながら店主も楽しげだ。

「産地によってもテイストや特徴が違いますが、インドネシア産コーヒーのトラジャあたりには、和菓子が意外とあいますね。おまんじゅうとか、鯛《たい》焼き。ようかんなんかも」

「へえ！　コーヒーって、そのまま飲むか、あうのは洋菓子だけかと思ってた」

灰汁島もそれは同意で、こくこくとうなずく。店主が微笑ましそうに顔をゆるめた。

「変わり種では、『コピ・ルアク』という銘柄がありますが……これについては、ちょっとここで言うのは……なので、興味があったら調べてください」

「えっ、なになにクイズです？　コピ……なんですっけ？　メモする、待って」

にこにことする店主のまえで、瓜生が自分のスマホに手早く打ちこむ。灰汁島はなんだか聞き覚えがあったため「教えてほしいです」と言ったのだが、笑顔ではぐらかす店主に話題を変えられてしまった。

「ちなみに、海外の農園から日本あての輸出品は非常にクオリティが高い。日本の輸入品、それも食品についてのチェックは細かく、基準が厳しいからです。けれど他国あての、そこまでうるさくないところだと、石ころやゴミがはいっていることもある」

「え、チェックが雑ってだけで、そんなに？」

「それもですが、総重量での取引だから、かさ増しするとかいう話もあります。だからこそ農園との信頼関係は大事で——」

ふだんは寡黙な店主だが、意外にもこの日、たくさんの話をしてくれた。おそらくいつもは徹底的にプロとして、店の機能であろうとしているのだろう。けれど今夜は灰汁島と瓜生がこちら側に招いたかたちになったからか、だいぶ素顔が見えるようだ。

「――そんなわけで生育環境が影響しますね。同じ農園の豆でも、東側と西側の傾斜の違いですとか、もっと言えば一本の木でも根元とてっぺんとかで、味が違ったりするんです」

「へえ！　おもしろ！　店長さん、ほんとすごいですね、知識！」

いやいや、と照れる相手に、瓜生は賞賛を惜しまない。店主の耳がわずかに赤い。きれいな顔で全力で好意を伝えてくる瓜生の破壊力たるや、それはすさまじいだろう。

（これも、知らなかったな）

ひとりきり、ずっとこの店に通いつめて、もう何年か経《た》つ。けれどこの初老の店主がこんなにも豊かな知識を持ち、案外と話が上手なことも、きょうはじめて灰汁島は知った。

廿九日と十年以上経ってはじめて、肉声の通話をしたこともしかり。ネット通話に慣れることができていなければ、そしてなつっこく相手の話を引き出すのが上手な彼がいなければ、いまの時間はない。

（イサくんのおかげ、だなあ）

あらためて、しみじみと思う。灰汁島の周囲に変化をもたらしたのは、目をきらきらさせながら隣で相づちを打っている彼のおかげなのだ。

人間関係もきっと、ペアリングなのだろう。ひとつとひとつがあわさると、それだけでは生まれない、思いがけない味わいに変わる。

ひとりであろうとするあの探偵も、けっきょくはひとりきりでいられずに、いる。

「宇良《うら》は……どうしたいのかな」

ぽつりと、無意識につぶやく。コーヒー雑学談義にはいっていた店主と瓜生が目をまるくしてこちらを見やり、灰汁島は我に返った。

「ご、ごめんなさい。また考えこんでて」

「なにかだいぶ、難儀しておられるようですねえ。……おかわりなどいかがです？」

店主がポットを持ちあげて、はたと自分のカップを見ればとうにカラだ。お言葉にあまえてカップを差しだすと、濃い色の液体が注がれる。同じコーヒーなのに、さきほどとは違ってあまみがつよく感じられた。たぶん、パスタの後味が消えたせいもあるのだろう。

「……変化を、つけたいと思ったんです」

コーヒーで口がすこしなめらかになり、灰汁島はぽつりぽつりと、行き詰まりの原因だろうことを口にした。

「そのために、新キャラもだして、なにかいつもと目先の違う感じでって考えて……でも、その新キャラの名前も決まらないし、ドラマの展開も頭にちらついて」

「気にいらなかったとか？」

「いえ、逆です。そうきたかあ、って感心したんです。……で、なんか焦りました」

ドラマの脚本がよくできていたこと。それに影響を受けたと言われたくはないが、どうあってても見てしまったものは頭に残っていること。そしてシリーズが続いたがゆえに、若干のマンネリズムを感じてもいること。

「いつも店でコーヒー飲んで、推理して、オチ。テンプレじゃないかなって」

もそもそとした灰汁島の話をゆっくりと聞いてくれたふたりは、ふむ、とうなずいた。

「でも、あの手のカテゴリジャンルって、そういうテンプレこそがキモじゃないです？」

「むかしの時代劇では、四十五分で山場が来るなんて言われたもんですが、それが『型』ですからね。むしろそれがないとはじまらない部分もありますでしょう」

瓜生と店主が口々に言うことは、灰汁島もむろん、わかっているとうなずいた。

「そう、それは、わかってるんです。そこを崩してはいけないのも。珈琲探偵については、あえてそこを、テンプレを強調して作った面もあります。でも、なにか新機軸を……せめて環境を変えるとか場面を移すとか、できないのかなって。ただ……主人公が、主人公なので」

灰汁島が顔をしかめると、「なるほど？」と瓜生が納得したような声をだした。

「宇良くん、ひとの心を暴くのと珈琲だけが生きがいですもんねえ。アクティブにどっか出かけるとか、想像つかない」

「そうなんです。人嫌いだし友人もいない。そんなやつが自主的に遊びに行くのもヘンで」

「仕事場だとか、学校だとかは？　日常の場ですが、行動範囲のうちでは」

シリーズすべてを読んでいるわけではない店主の問いに、灰汁島はちからなくうなだれ、かぶりを振る。

「宇良は事務所なしの探偵って設定なんです。あの喫茶店に行けば依頼できるっていうのが導入のお約束なので……」

「なるほど、そうでしたか」

灰汁島が詰まっているのは、要するにそこだった。外に行かせるとしても、そもそもこの主人公は『外』に興味がない徹底的インドアタイプ。しかもストーリーのテイスト上、基本的に生活感もないキャラのため、そこいらに買い物、というわけにもいかない。

「出勤もしない、遊びにも行かない。いったいどこにならら行く気になるのかなあ……」

本当に頭を抱えだした灰汁島に、整った白髪交じりのヒゲを撫《な》でながら店主が言う。

「コーヒーマニアならば、コーヒーの祭典に行くのはいかがです？」

意外な提案に、灰汁島ははっと顔をあげ、店主を凝視した。

「コーヒーの、祭典？　そんなのあるんですね」

「ええ。ちょうど今度、開催されるんですよ。ＳＣＡＪ、で検索してみてください」

「えすしーえーじぇい？　ですか？」

パンフレットもあるが、灰汁島らにはそのほうが早いだろうと言う店主の言葉に従い、スマホに入力する灰汁島の横で、瓜生が「あっ」と声をあげる。

「おれ、聞いたことあるかも。一部ではコーヒーコミケって言われてるやつだ、たしか」

「コミケ？　ああ、コミックマーケットですか。アニメとかマンガの即売会でしたっけ？　たしかに、会場も一緒ですね」

「店長さん、コミケ知ってるんだ⁉」

「名前だけですけど。毎年、夏や年末にニュースでやってますから。すごい動員数ですよね」

オタクも一般化したなあ、といささか理由のわからない恥ずかしさを感じつつ、灰汁島は検索画面をスクロールする。

「……あ、あった」

一件目のヒットは『Specialty Coffee Association of Japan.』という、日本スペシャルティコーヒー協会の公式サイト。続いて『SCAJ　20××』という協会が主催するイベントの、特設サイトだ。

トップページから【アジア最大のスペシャルティコーヒーイベント】とあり、過去の開催時のものだろう、会場内のブースやひとが出入りしているさま、ずらりと並ぶ試飲カップや、説明会風景、コーヒーメーカーの写真などが次々と入れ替わり表示される。

「こんなイベント、知らなかった」

灰汁島がつぶやくと、店主は「ふつうはそうです」と微笑む。

「業界にいる人間か、よほどのコーヒーマニアしか知らないイベントです。……むしろ瓜生さん、よくご存じでしたね」

「あはは、雑学王が知人にいるので」

瓜生はそう笑うが、芸能界は情報が命だ。どんな方面にもアンテナを張っているのだろう。そういうところが本当にえらい——と感心しつつ、灰汁島はサイトの内容を読みこむのに夢中になる。

（これ、すごい）

世界的に有名なコーヒーブランドから、個人の業者まで幅広く出展するもので、コーヒー豆はむろんのこと、それを淹れるドリッパー、サイフォン、カップなどから豆を煎る大型焙煎機、コーヒー農園の管理から環境への取り組みの発表。そしてコーヒーマイスターたちがそれぞれの腕を競う大会も数種類おこなわれるらしい。

「その場で豆も買えますし、ドリッパーやカップ、お店のグッズ類もありますよ。それこそTシャツやエプロンから、超大型の業務用焙煎機まで、なんでも」

「えっ楽しそう……！」

展示即売会でもあるので、ありとあらゆるコーヒー関連のものが売られていて、バイヤーだけでなく小口購入も可能だと店主が補足してくれた。

「コーヒーの試飲も、もちろんありますが、片っ端から飲んでいるとおなかが大変です」

笑いながら言う店主に瓜生は目を輝かせ、灰汁島も深くうなずく。

「……行ってみたいなあ」

これなら、宇良は絶対に行きたがる。そして本当に片っ端からコーヒーを飲み比べ、抱えきれないほど豆を買って帰るに違いない。情景が、ありありと浮かんできた。会場が、コミケで足を運んだことのある東京ビッグサイトなのも、灰汁島の想像力を補ってくれる。けれど写真で見るに、それぞれのブースは趣向を凝らしたディスプレイとセッティングが施され、ちょっとした町並みのようでもある。

その場所を、見たい。たしかめたい。目を輝かせた灰汁島に、店主が言った。

「よろしければ、わたしのほうでゲスト参加の登録しておきますよ。当日券もありますが、それなら無料ではいれますし。ああ、行動はべつに一緒じゃなくても問題ないので」

「いいんですか⁉」

灰汁島が声を裏返すと、店主は楽しげに微笑んで、瓜生に目を向けた。

「では、おふたりぶんでよろしいですか？」

「えっおれも？　いいの？　そんな何人も……」

先生は、いいの？　ちらりと横目でうかがってきた瓜生はきっと、取材をしたいと思っている灰汁島を気遣っているのだろう。もちろんだいじょうぶ、とうなずいた。

「むしろぼく、コミュ力ないので、イサくんいてくれるととても心強いです」

「ハイッ！　行きます！」

びゅんと音がしそうな勢いで手をあげた瓜生に笑いながら、店主がうなずく。

「では恐れ入りますが、登録用にメールアドレスとご本名教えていただいても？」

「はい、もちろん」

お願いしますと告げ、灰汁島も瓜生も店主へと登録のための本名を告げ、手続きをしてもらうことになった。

「後日、登録証の件でメールしますので、よろしくお願いします。いまさらですが、こちら、わたしの名刺です」

「ちょうだいします。すみません、ぼく名刺いま、切らしてて」

「ふふ。ご著書で存じてますから、だいじょうぶですよ」

ざらりとした和紙風の手触りの紙に、焦げつかせたような印字の名刺はセンスがよかった。そしてこのときはじめて、この『うみねこ亭』の店主の名前が遠野久栄《とおのひさひで》だと知る。

「あ、お名前……新キャラの名前にもじっていいですか？」

「事件ものですよね？　ころされないならいいですよ」

にこにこする店主に「ころしません！」と灰汁島はいい、なんとなくぴんときていなかった新キャラ名に「十斧《とおの》」をメモする。

不思議なもので、キャラクターに名前がつくと、急に顔が見えてくることがある。勝手に動きだし、話しだし――そうなるともう、止まらない。

「……イサくん、ごめん」

「どうぞどうぞ」

もうだいぶ慣れてしまった恋人はにっこり笑って、灰汁島がいつでも鞄《かばん》にしのばせているポメラを取りだすのを見守ってくれる。薄っぺらいキーボードにすごい勢いで入力する様を、遠野と一緒に見つめられていたのはわかっていたけれど、次第にそれすら意識から消えた。

どぼんと思考に沈みこむ。没入したさきでは、新しいコーヒーイベントを知って興奮しまくり、はしゃいでひどく鬱陶しい零ヶ浦《ぜろがうら》宇良が、ちゃんと息をしていた。

動きだした世界にほっとしながら、灰汁島はひたすらタイピングする。いままで行き詰まっていたのが嘘《うそ》のように、手が止まることはなかった。

灰汁島の集中力が切れ、我に返ったころには、閉店時間を大幅にまわっていた。

「ご、ごめんなさい……！」

カウンターの端を陣取り続けたこと、連れてきた瓜生を放置したことに平謝りをするも、ふたり揃って「かまわない」と微笑みかけられてしまった。

「いやあ、たまに見かけていたけど、灰汁島さん、本当にすごい集中力ですね。おみそれしました」

「はあー……先生のガチ執筆リアルライブ……アリーナどころじゃない……最高……」

感想はそれぞれだったようだけれども、なんとも寛容なひとびとに許されたおかげで、悩ましかった新作中編のたたき台は無事、アップした。

「本当に、ありがとうございました」

申し訳なさとありがたさで、灰汁島は手を合わせ、ふたりを拝む。瓜生はもちろん笑って許してくれたし、遠野はといえば「お疲れさまでした」と、サービスのコーヒーまで淹れてくれて、灰汁島は本当に頭があがらなかった。


ちなみに帰宅後、ふと思いだして調べてみた『コピ・ルアク』は――なるほど、店主があの場で口にするのをはばかった理由が、よくわかった。

【コピ・ルアク――ジャコウネコの糞《ふん》から採取されるコーヒー豆。チョコレートのようなあまく独特の香りがあり、希少性が高い】

むろん、採取後はきちんと洗浄、しかるべき処理をして飲用されるそうだが、ちょっとこの記憶があるうちは、チャレンジしてみたいとは思わないな、と灰汁島は苦笑する。

けれどきっと、宇良は果敢に飲むだろう。ならば味を知る必要もあるのではないか。

「ど、どうしよっかな……」

例のイベントで、試飲する機会はあるのだろうか。悩みながらも、灰汁島の唇はほころび、未知なるものへ出会う楽しさに目が輝いていた。

＊　＊　＊

あれから灰汁島はいっさい関わることはなかったが、ドラマの撮影は一応、順調に進んでいるという話だった。

早坂のほうからはとくに話題も出ず、またメディア他に情報が出る時期でもない。

ただ――八郷創成についての話題は、定期的に目にはいるようになってしまっている。

これは一時期、彼のことをネットで調べたせいで検索エンジンにデータが残ってしまい、サジェスト上位になった結果だろう。しかし、ランダムに出てくるピックアップニュースに、【八郷創成、暴言】【あの人気俳優がまたトラブル】と、ことごとく悪評なのがどうにもやるせない。

「あんまり変なふうに、話題にならないといいんだけどな」

むろん、『珈琲探偵』のドラマに影響が出るのも困るが、基本的に灰汁島は誰かが悪く言われている状況自体があまり、好きではないのだ。こと著名人などは根も葉もない噂を立てられることも多く、他人事《ひとごと》ながら見ているだけで疲弊してしまう。

灰汁島自身も匿名掲示板であれこれ言われたことはある。ただ、よくもわるくもオタク寄り、中堅どころの知名度なので、テレビにばんばん出るタイプのタレント作家ほどには派手に話題にはされないでいるのが救いだろうか。

「世界、もっとやさしくあれ」

ぼんやり疲れた声でつぶやき、ゴシップの躍るニュースアプリの画面を閉じた。

そして、うみねこ亭店主こと、遠野にもらったＳＣＡＪの入場チケットを、ためつすがめつ眺めて、唇をほころばせた。

「いよいよ明日かあ、楽しみだな」

通常のイベントチケットなどとは違い、関係業種の区分けが記述されたＱＲコードいりのそれは、Ａ４用紙にプリントアウトして持参するよう言われていた。

仕事柄、灰汁島の家にはプリンターがある。ふだんはデータで来たゲラをプリントアウトしたりする程度だが、ひさびさにカラフルなものを印刷してみると、不思議な楽しさがあった。ちなみに瓜生はプリンターは持っていないというから、ふたりぶんを灰汁島がプリントして用意している。

クリアファイルにいれてきちんと保存したそれを何度も確認し、鞄にしまう。

「……遠足まえの子どもかな？」

うきうきとしている自分が気恥ずかしく、けれど悪くない気分だった。

＊　＊　＊

明けて、翌日。この日のためにちゃんと早寝をした灰汁島は、無事に遅刻もせず、有明の地に到着した。そして、さほど待たずに時間どおり、相手方と合流する。

「先生、おはようございます！」

「おはようございます」

待ち合わせは東京ビッグサイトのエントランス、コーヒーショップの大きな看板がある場所。けっこう人通りの多い場所だと思うが、瓜生はだいじょうぶなのかと打ち合わせのとき問えば、こんな返事があった。

——イベントのときって、みんなその祭りに集中してるから、意外と気づかないですよ。

そういう彼は、以前こっそりコミケに行ってみたことがあるらしい。「こんな場所にまさか」と思われたようで、誰にも指摘されないまま一日を堪能できたと言っていた。

そしてじっさい灰汁島も、ひさびさの大人数イベントに参加してみれば、たしかにいちいち他人の顔など見ている人間は少ないことが知れる。皆、手元のスマホやマップ、あるいは手書きのメモなどを眺めていたり、場内案内図を見たりと、本日のイベントブースを、どうやって効率よくまわるかに夢中なようだった。

「……ね、誰もこっちなんか見てないでしょ？」

「はい、たしかに」

にひひ、といたずらっぽく笑う本日の瓜生は、完全オフモード。大きな黒縁眼鏡《めがね》にキャスケット、ひとごみとあって黒の立体マスクも装備。服もごくカジュアルで、フーディーにデニムカーゴ。ビッグシルエットのためスタイルも微妙にわかりづらく、色もグレーベースのツートンと、よくあるデザイン。相当近づいたならともかく、これは誰だかわかるまい。

「むしろ先生のほうが目立ちません？」

「えっ、ど、どこが……」

「長身のイケメンは目立ちますよ、ふつうに。おれ、遠目からも先生ってわかったもん」

「イケ……またイサくんはそういう……」

瓜生には毎度言われるけれど、灰汁島はそんな自覚はさらさらないし、欲目もすぎると思う。今朝方まで仕事をしていたせいで目もとも腫れぼったく、多少冷やした程度ではどうにもならなかったので、以前瓜生におすすめされた、だて眼鏡をかけてきたほどなのだ。

「えーだってきょうのコーデもばっちりですよ！　先生ほんときれいめカジュアル似合う。足長いからな」

「そのコーディネイトも、イサくんに言われるまま着ただけで……」

ダブルボタンのジャケットにスリムパンツ。インナーのシャツもすべて、瓜生が付き添って買い物に行き、選んでくれたものだ。というよりもはや、灰汁島の『お出かけ着』は九割が瓜生の見立てになっていて、一緒に出かける際などは『アレとコレをあわせて着てきて』という指示がメッセージで届いたりする。

「モデルがよくなきゃ服は映えないんですってば。あ、写真撮っていい？」

うきうきとはしゃぐ瓜生はきょうもかわいいけれど、自分の写真を撮られるのが苦手な灰汁島は、ぶんぶんとかぶりを振ってしまった。

「と、とにかく行きましょう。えっと、西から回りますか？」

「ルート的に、西から南に行くみたいなんで、そうしましょうか」

そこかしこにある順路の指示板に従って会場に向かうと、かなりのひとが集まっていた。

「おお、すっごい。めっちゃひとがいる」

「かなり賑《にぎ》わってますね」

熱気にあてられそうになりながら、ひとごみの向こうに見える、イベントタイトルを掲げたゲートへと向かう。

途中、会場の入り口付近でパスケースをもらい、プリントアウトしてきたチケットを、QRコードが見えるように四つ折りにたたんでいれるよう言われた。

「チケット確認します。……はい、どうぞお通りください」

入場口のスタッフから指示されるとおり、スキャナーに読みこませて、ＳＣＡＪ会場へ。

「こちら試飲です、どうぞ！」

一歩踏み込んだと思ったとたん、すぐににこやかに声をかけられた。スタッフの制服らしいカラフルなシャツとバイザーをつけた女性の手元、ちいさな試飲用のカップがトレーにずらりと乗っている。どうやら目のまえのブースで配っているらしい。

場内入り口から一メートルも進まず試飲が来るとは思わず、灰汁島は目をまるくする。

「あ、い、いただきます……」

どこのメーカーのどんな豆ともわからないまま、少量がはいったコーヒーをいただいた。さっぱりとしていておいしい。ひとまずは、とそのブースの写真をスマホにおさめる。

隣にいた瓜生もまたカップを手に、きょろきょろと周囲を見回していた。

「せんせ、せんせ。コーヒー、あっちでもこっちでも配ってます。あそこなんかすごいよ、試飲コーナーに種類ごとに何台もサーバーがあって、セルフで飲み比べてくれって」

「え……これ片っ端からいくと、おなかがちゃぽちゃぽになるのでは?」

ちょっと加減しよう、と言いあいつつ、興味深くイベントを見てまわる。

事前に聞いてはいたし、ざっくりとサイトも眺めていたが、東京ビッグサイトの西棟と南棟を埋めるブースの物量と熱気は、とにかく圧倒的だった。

「……んふふふ、楽しいね!　ねっ、せんせ」

瓜生がにこにことしていて、灰汁島も嬉しくなってくる。

「ものすごい祭り感ですもんねえ。こういう大きなイベント、ぼくもひさびさです」

「なんだろ、すごいな、まさにコーヒーコミケって感じ」

物量にもひとにも圧倒されそうで、灰汁島は息をついた。

灰汁島でも知っている、鍵のマークがアイコンの国内コーヒー販売業者、缶コーヒーの老舗、ポーションタイプが近年目玉の海外ブランドといった有名どころから、コンビニエンスストアのカフェ展開、おそらくその道のひとには知られているだろうメーカー。

ずらりと会議机の並ぶコミケなどとは違い、各社が趣向を凝らしているブースは、ちょっとした店のようなしつらえや、こうしたイベントならではの派手なセッティングもあって、お祭り感がすごい。

そしてとにかく、コーヒー、コーヒー、コーヒーだ。

豆や粉はもちろん、ドリッパーやサーバーにも、こんなに種類があるのかと驚かされた。見あげるような巨大な焙煎機には、ちょっと男子の心がうずいたし、おしゃれなディスプレイ用の高級そうなコーヒーカップや、天井まで積みあげられたカラフルな紙パッケージなど、どこもかしこも目を引かれるものばかり。

「うわ、ほんっとおもしろ……あ、先生そこ足下注意で」

「おっと、気をつけます。配線すごいな」

試飲用のコーヒーを淹れるためのポットやサーバーをはじめ、さまざまな機械を使っているためか、足下にはありとあらゆるコードがのびている。カバーなどで覆ってはあるけれど、テープで貼り付けただけのものもあり、うっかりすると足をとられそうだった。

（本当に、すごい）

できるだけ冷静に観察しようと思いつつ、灰汁島の脳内で、宇良が大興奮しながらはしゃいでいる。それにつられるように、灰汁島もまたテンションがあがった。

世界でも著名なコーヒーブランドのブースでは、高い天井へそびえるように組まれた巨大なディスプレイが目を引いた。その会社の直営農園の様子が映像とともに映しだされ、環境問題に取り組む姿勢や今後の事業展開のアピールをしている。

かと思えば、大手と大手の隙間にはいりこむように、小スペースながらしゃれたディスプレイで目を引いてくる、個人経営らしい店舗もある。もちろん、本日のある意味最大の目当てでもある『うみねこ亭』も、ブースをだしていた。

めざとく見つけた瓜生が「あそこ！」と灰汁島の腕を引っ張る。早足に近づけば、狭いスタンド式のディスプレイのなかでコーヒーを淹れていた店主は、にっこりと笑った。

「やあやあ、本当に来てくださったんですね」

「遠野さん！　本日はありがとうございます」

品良くまとめられたブースには、ふだん店で仕入れている豆の説明用パンフレットや、うみねこ亭の開店五十周年祝いに作成された、箔《はく》押しのコースターをはじめとする記念グッズが並んでいた。今回のイベント用に作ったというバッグやペンなど、灰汁島も知らないものがあって、瓜生とふたり「素敵ですね」とはしゃいでいたら、しっかりお土産にもらってしまった。

「えっ、いいんですか？」

「買いますけど！」

「こちらは売り物じゃないんですよ。もともと差し上げるつもりでしたし」

言われてみれば、グッズを詰め込まれたロゴ入りのバッグもなにも、ディスプレイ上には飾られてないし、値段がついている気配がない。灰汁島と瓜生は恐縮してしまった。

「きょうは楽しんでください。なにかあったらアテンドしますので」

「なにからなにまで、すみません」

「お気遣いなく。わからないことがあったら気軽に訊きに来てくださいね」

「ありがとうございます。今度あらためてお礼にうかがいますので……！」

にこやかな遠野に礼を言い「いったんぐるりとまわってくる」とふたりはその場を離れた。

「ねえ先生。あそこのコーナー、お昼頃からチャンピオンシップの決勝だって」

「え、なんのチャンピオン？」

とくに目的はなく、思いつくまま場内をうろうろするうちに、なにやらイベント用のステージセットが組まれた場所へと通りかかる。客席のパイプ椅子が並び、正面には大きなディスプレイモニターとマイク。それから、四つにわかれた机のようなもの。手前にある案内板に、瓜生が目をやる。

「カップテイスターズ、だって。利きコーヒーってやつかな？　おもしろそう」

あとで見ましょうね、と言いながら、その場は通りすぎ、また違うブースの並ぶほうへと向かっていく。

しかし案の定というか、行くさきざきでは試飲のカップが配られていて、断りきれずに受け取っては口をつけるうちに、だいぶおなかが重くなってしまった。

灰汁島はそれでも余裕があったが、音をあげたのは、瓜生のほうがさきだった。

「……ごめんせんせい、念のためちょっとトイレ行っていい？」

「あ、どうぞ。もうちょっとしたらさっきの決勝戦？　だし、そのまえがいいかも」

お互いコミケ経験者のため、ビッグサイトのトイレの場所は把握している。会場の壁際、『西4』という大きなホールナンバー表示の真下付近がそれだ。

ダッシュで行ってくるという瓜生に「ここで待ってるね」と告げ、壁にもたれた灰汁島は、熱気のある場内を眺める。

バイヤー同士のやりとり、純粋にコーヒー好きで買い物に来るひと。通りすがりに見た案内板では、さきほどのカップテイスターズだけでなく、いろんな場所にいろんなステージが組まれていて、いろんな競技をおこなうのだと記されていた。

テイスティングにラテアート、バリスタチャンピオンシップに、ロースター焙煎《ばいせん》部門とやらもあるらしい。豆の焙煎をどう競うのか、いまの灰汁島にはさっぱりわからないため、時間があれば見に行こうと思う。

「しかし、コーヒーで、バトルかあ……」

さすがに『珈琲探偵』シリーズにとりこめる気はしないが、非常に興味深い。少年漫画あたりの王道トーナメント文脈でうまく料理したらおもしろそうだ、と灰汁島は思う。

この広い会場を埋め尽くすひとたちは、心からコーヒーが好きで、それを楽しむために真剣に、懸命にやっているのだ。これほどひとを熱くさせるものを、どうすれば自分の世界に落としこめるのか。頭のなかの宇良は興奮するばかりで、答えをくれそうにない。

(まだ、なんにもわからないけど)

すぐさまネタに、というわけではないが、この熱量にふれただけでも得るものは、たしかにあった気がする。ひとりうなずけば、会場の熱気で曇っただて眼鏡がずれてわずらわしく、灰汁島は「もういいか」とそれをはずす。

(うん、これでいい)

見えづらくなっていた道がやっとひらけた、という気分で灰汁島が口をほころばせていれば、「あれっ」と、どこかで覚えのある声が聞こえた。

ぼうっと会場全体を眺めていた目をこらし、声の方向に焦点をあてる。すると、意外な人物がその場にいた。

スカジャンにデニムという飾らない格好をした青年は、あの日撮影所で一触即発の空気を醸しだしていた、八郷だ。驚いたことに、とくに顔を隠すようなアイテムはなにもなく、けれどそうと認識しなければ八郷とは気づけないような、薄い存在感でそこにたたずんでいる。

目が、あってしまった。八郷も驚いているようで、目を見開いたまま灰汁島を凝視し、身じろぎすらしない。しかたなく、灰汁島は不器用な愛想笑いを浮かべた。

「え……と、八郷、さん？　え、偶然ですね。こ、こんにちは」

「……ッス」

挨拶をすると、あちらも自分から声をあげてしまった以上、無視もできなかったのだろう。一応は会釈して、ぺこりと頭をさげてくる。

微妙な距離で、そのまま離れていくかと思いきや、ぞろりと動いた人の流れを避けた八郷は、勢い灰汁島の目のまえに近づいてきてしまった。

（え、ど、どうしよ）

彼とはあの、なんともつかなかった撮影の日以来だ。内心では冷や汗をかきつつ、黙りこくったまま、しかし去ろうともしない八郷に焦ったあまり、灰汁島はつい話しかけてしまう。

「あ、あの、コーヒー好きなんですか？」

「や……そういうわけじゃ、ない、けど」

「そうなんですか。でもこのイベントよくご存じでしたね」

コミュ力の低い人間の、沈黙が怖くて無駄にしゃべるパターン、あるあるだ。大抵、相手の反応が読めなくてひたすら、気まずさだけが募るのだが、あきらかに八郷も、会話能力が高いとはいえない気がする。

「なんか、あの話、コーヒーうんちくも多いから、台詞……理解したくて……調べて」

「え、そうなんだ……」

ぼそぼそと返ってきたのはそんな言葉で、なるほどドラマのためなのかと灰汁島はうなずいた。あの日、ヘンに突っかかられるようなこともあったが、こうして調べにくるあたり、役作りに真剣に取り組んでいるのだなと嬉しくなる。

「勉強熱心なんですね、なんか嬉しいです」

灰汁島としては、話の接ぎ穂としてなにげなく言った程度の言葉だった。だがそのとたん、カッと目を見開き、八郷が険悪な顔になる。まるでなにかのスイッチがはいったかのように、表情から気配から、別人のようになってぎょっとした。

「……は？　べつに勉強とかじゃないですけど？」

「え……」

険のある声は、ひどくその場に響いた。通りすがった幾人かが怪訝そうにこちらを見るが、八郷はそれに気づかないのか、イライラとしたように吐き捨てる。

「ちょっと気になって見に来ただけだし、そういうんじゃないんで」

「そ、それは失礼しました」

今回もまたもや突然噛みつかれ、灰汁島は戸惑った。いったいなにが彼の機嫌を悪くさせたのか、さっぱりわからない。そもそも知らないに等しい相手だ、極力当たり障りない言葉を選んだつもりだったのだが。

（……知らない？　いや、でも）

脳内の言葉に違和感を持つ。しかし、なにが引っかかっているのかわからないまま沈黙すれば、ぴりぴりした八郷の言葉が追撃してきた。

「ていうか、勝手にひとのこと決めつけないでくださいよ」

「いや、そんなつもりは……」

よく通る冷ややかな声は、さきほどまでのぼそぼそしたものとはまるで違う。挑発的で、冷笑的。混乱しつつも、なぜか覚えのある空気感に、灰汁島は目をしばたたかせた。

（ど、どうしよう。やばい）

これだけ騒がしい会場にいるのに、灰汁島と八郷の周囲だけ無音になってしまったかのようだ。ひたすら焦り、冷や汗をかいていた灰汁島は、背中にかけられた声にはっとなる。

「お待たせ、せんせ！　けっこう並んでて……あれ？」

戻ってくるなり、どうした、と目をまるくした瓜生の存在は、このときの灰汁島にとって救いの神のようだった。

「イサくん！　おかえり！」

「ただいま。いやそれはともかく、……こちら、偶然？」

「え、なんで瓜生衣沙《いさ》……？」

八郷は、さきほどまでの険のある表情はどこへやら、灰汁島と瓜生を見比べては、急に子どものようにおろおろしはじめる。なにがなんだかと思いつつ、灰汁島はとりあえず答える。

「なんでっていうか、一緒に来たので――」

「んはは、デートでっす」

「デッ……⁉」

瓜生が灰汁島の肩に腕をまわし、言葉をかぶせてきた。一瞬あせる灰汁島だが、いまどきは同性同士で遊ぶ際にも「デート」と言ったりするのはＳＮＳで見かけた覚えがある。

ひとまず過剰反応を控えれば、そんな灰汁島と八郷とを見比べた瓜生が、にかっと笑った。

「八郷くん、おひさしぶり。って、覚えてるかな？　ご一緒したの、だいぶまえなんだけど」

「お、覚えてる……けど。なんで瓜生衣沙？」

「わはは、瓜生衣沙ですよ。っつか、それ二度目」

「え、ご、ごめん……？」

瓜生に話しかけられ、おどおどきょろきょろしている様子は、灰汁島以上のひと慣れなさだと思えた。そして、さきほどまで灰汁島に嚙みついてきた勢いもなにもなく、どこか混乱

しているようにも思える。

（これ、ほんとに八郷創成？）

先日の撮影所で、横暴なくらいに自己主張をしていた彼とは別人のようだ。さきほども感じたけれど、素顔でいるというのにまったく誰にも気づかれない、薄い存在感と覇気のなさ。あちらから声をあげなければ、絶対に認識できなかったと思う。

いずれもコミュニケーションに難がある同士の、とんでもなく気まずい沈黙。場を終わらせるにもどうしたら、と灰汁島が焦っていれば、八郷は唐突に言った。

「あの……えと、水地さんは、きてる？」

「え？　なんで水地さん？」

思いも寄らない名前に驚く。問い返した灰汁島がじっと見れば、彼は気まずげに目をうろうろさせている。じわっと、その顔が赤くなり、くしゃくしゃとしかめられたと思ったら、つっけんどんに彼は言った。

「……っ、なんでもない！　関係ないだろ、あんたに！」

張りあげたその声は、さすがに周囲に響き渡った。ぎょっとしたように通り過ぎる何人かがこちらを見て、灰汁島はひやっとする。

「なに、けんか？」

「え？　あれって八郷創成……？」

次第に注目が集まるなか、そんな声が聞こえ、はっとなったように、八郷は顔をゆがめた。

「と……とにかく、それじゃ！」

「あっ……」

灰汁島が戸惑っている間に、八郷はまるで逃げるかのように去っていってしまった。あまりの唐突さに、ただ呆然《ぼうぜん》とするしかない。

「……なんだったんだろ？」

いま起きたことは現実だったのだろうか。ひとごみのなかに消えた後ろ姿を眺めるともなく眺めていると、苦笑いの瓜生が「なるほどなあ」と言った。

「なるほどって、なにが？」

「んー……長くなるし、あとで話すよ。いまは会場まわりません？」

背中をたたいて促され、それもそうかと灰汁島はうなずき、歩きだす。

もう一度だけ、逃げるように八郷が去っていったほうを眺めた。

役柄の衣装もメイクもなく、素顔で近くに相対した八郷創成は、印象よりずっと小柄で、そして——自分以上に不器用なのではないかと、そんなふうに思えた。

＊　＊　＊

ひとしきり会場を回り、テイスティングのチャンピオンシップ決勝戦を見終えたところで疲れを感じたふたりは、いったん休憩すべくビッグサイト内にあるレストランに向かった。

そちらも賑わってはいたが、メイン会場から離れたのと昼時をすこしずらしたおかげでか、さほど苦労せず席につけた。幸い、壁際のかなり目立たない席だが、念のため瓜生は店内に背を向けるほうの椅子に座ってもらう。

「賑やかだったねえ」

「ね。しかしあれですね、コーヒーだけかと思ったら、お茶とかシロップとか漢方みたいなのまで売ってた」

「チョコレートもあったね。コーヒーチェリーのお茶、なんてのもあったしおもしろかった」

ろくに知識もないふたりだが、それぞれのブースで接客対応をしているひとに質問すると、もろもろ快く答えてくれた。コミュ力の強い瓜生が大抵は積極的に話を聞き、灰汁島は横でひたすらスマホにメモをとるといった状況だったが、いまのところ彼があの瓜生衣沙だと気づいた人間はいないようだった。

「案外ばれないから、ほんと驚きました」

「アハハ。おれの知名度なんかまだまだですもん」

そんなことは、と顔をしかめた灰汁島に「いや、卑下してるわけじゃなくてね」と瓜生は手を振ってみせた。

「きょうのイベントは大人が多いから、おれのファン層とはかぶってないんですよ。テレビ出演も、ゴールデンタイムにしょっちゅうってわけじゃないし」

「それは……そうかもだけど」

灰汁島からすれば大人気俳優である瓜生だが、世間的な認知度で言えばまだまだらしい。なんだかそれは悔しいな、と思っていれば、瓜生はさらに「そもそも、見てるとこ違うし」と言う。

「見てるとこ？」

「一般入場者もいるけど、この会場にいるひとって大半が仕事のお話をしに来てるひとたちですから。他人の顔よりまず、パスの区分見て判断してましたよ」

これね、と首からさげているパスケースを瓜生はつまむ。なかにいれてあるのは灰汁島が印刷してきた入場証シートで、参加者の区分や所属が示されている。さきほどすれ違ったひとのパスには『生産／輸出業』、遠野のものには『カフェ／喫茶店』とあった。

そして灰汁島たちのものには、『その他』の文字。

「あ、なるほど。ぼくらは単なる『お客さん』ですもんね」

「ですです。お仕事の本命じゃないから、『その他』を確認したあとは、そこまでおれの顔熱心に見たりしないんです。もちろん丁寧にはしてくれてますけど、ほんとにその他大勢の来訪者ってだけ」

ＳＣＡＪは公式サイトにあるとおり『日本におけるスペシャルティコーヒーの啓蒙・普及』を目的としたイベントであるため、業界関係者以外も灰汁島たちのように招待されるか、もしくはチケットを買えば入場可能だ。

しかしやはり出展者たちにとっては営業や商売の場だ。訪問者がバイヤーか企業の人間か、単なる来場者かで、対応は当然、変わる。

「いや〜でも本当、おもしろかったです。めっちゃひといるから、人間観察にはばっちりの場だし。ただ、さすがにコーヒー試飲しすぎたんで、レモンスカッシュとか頼もうかなあ」

「あ、いいな。ぼくもそうしよう。……そのまえになに食べよっか」

メニューをまえにああだこうだ言ったのち、お互いいささか疲れているのもあって、本日のランチをふたつ頼んだ。水を飲みつつ食事を待っている間に、瓜生がぽつりと言う。

「……さっきのね、八郷くんの話ですが」

「あ、はい」

不意に切り出され、灰汁島は思わず居住まいを正す。そんなにかしこまらなくても、と瓜生は苦笑した。

「おれも一応役者の端くれなんで、ちょっとわかったかもです。……あのー、じつはねえ、声かけるちょいまえ、八郷くんが先生にギャン言ってるときから見てたんだよね」

「えっ、そうなの」

言われて驚いた。いかにもいま来たばかり、という雰囲気で声をかけてきたのに、と思ったが、そういえば彼は役者だったのだ。

「なんか剣呑《けんのん》だったから様子見てて。ちょっと注目集めそうだったんで、まずいなって出ったんだけど……気のせいならいいけど、何人かスマホいじってたから」

空気をなごませるため、わざわざ割ってはいったのだと教えられ、灰汁島はあわてた。

「え、ごめん。だいじょうぶかな。写真撮られたりしたかな」

「おれに関しては気づかれてもまあ、ね。べつに先生と仲良くしてんの、いまさらの話だし、かまわないんだけど……八郷くん、あきらかにけんか腰だったしさ」

「そうなんだよね。なんでなのかわかんないんだけど」

なにか嫌われるようなことをした、と思えるほど、接触がないからわからない。そもそも灰汁島に対して嫌悪感を持っていたとか、作品がきらいだとかいう可能性もなくはないが、それなら仕事を断ればいい話だ。

「言ったらなんだけど、ぼく程度の原作ドラマ、それもテレビのゴールデンじゃなくネット配信って、八郷さんのキャリアにしては、蹴ったところで痛くもないよね？」

「それはっ……」

「あ、イサくんが個人的にすごく、大事にしてくれてるのはわかってますので」

おさえて、と、ものすごく反論したそうな瓜生に言えば、不承不承浮かせかけた腰を戻す。

「それこそ卑下ではなく、本当に『まだまだ』なんですよ」

灰汁島は冷静に言う。メディアミックスはむろんありがたいが、漫画やライトノベルのそれはもはや雨後の竹の子、ある種の飽和状態であり、メディア化だけで突出した人気があるとは言いがたい現状もたしかだ。

――やりたくてもできん連中に失礼になるぞ。

廿九日にはああ言われたたし、多少は反省もした。だが、灰汁島は自分の立ち位置を、よくわかっているつもりだ。

サブカル層がターゲットとしてメインの、ライトノベル出身の中堅作家。そういう等身大の自分をきちんと認識したうえで、フラットにものを見ていたい。

「うう、でも先生はさあ……おれのカリスマなのに……」

「それ言ったらぼくのなかでも、イサくんってめっちゃスターですからね？」

「んぐぅ……」

やりこめられ、不服そうに頬を膨らませた瓜生が「わかりました」とお手あげのポーズをとる。ちょうどそこで注文品が運ばれてきて、ふたりは一瞬だけ無言になった。

「じゃ、食べましょうか」

「いただきまーす。……つか、話それましたね。八郷くんですが」

「あっはい。イサくん、わかったって言ってたけど、なにが？」

パスタをくるくるときれいにフォークへ巻き付けながら、瓜生が話を本題に戻した。

「たぶんだけど、役が抜けてないっていうか、とくに先生に対しては、突如宇良くんモードになっちゃうんだと思います」

「ええ……？」

「ドラマに関わってるひとには毒づいちゃうっていうか。日常にはいっちゃうんだろうなあ」

八郷はじっさい、灰汁島を認識するなりひりついていた。そして突然、スイッチがはいったかのように声色も表情も変わった。

——は？　べつに勉強とかじゃないですけど？

彼の演じる『零ヶ浦宇良』は、へそ曲がりで偏屈。いちいち他人の言葉につっかかる性格でもある。そして褒められたり、そういう言葉をかけられるのも苦手。

「八郷くん自身は、たぶんそれ無自覚で、自分でコントロールできてない。だから言葉使いは自分のまま、でもテンションだけシニカルキャラ、で、ちぐはぐになる」

「ははあ」

なるほど、知らない相手、と考えたときの違和感はそれだ。妙な既視感。あれはおそらく、彼なりの『零ヶ浦宇良』だった。言葉は八郷だが、気配だけが似通っていて、混乱した。

「あれ？　けど、イサくんにはそうじゃなかったですよね」

「うん、だから、部外者というか第三者のおれがいると、世界観壊れるから、素になったんじゃないかなあって」

「ええ……」

そんなことあるのか、と言えば「役者もクセ強いのいっぱいいるから」と、彼は苦笑する。

「ていうかさっきも言ったけど、八郷くんとは会ったことあるんですよ、別の現場で。そのときはすごく素直なあかるい青年の役で……あ、そうだ。先生『かささぎ飛ぶ水辺にて』って映画知ってます？」

「あ、文学賞取った小説が原作の……はい、映画は見てないですが、本は読みました」

数年まえ、まだ瓜生と出会うより以前に公開された映画だが、その準主役に抜擢《ばってき》されていたのが八郷だったそうだ。

「あの中に出てきた主人公の弟役。原作読んでるならどういうキャラかわかりますよね？」

「あ～……理解しました」

素直でおとなしく、口下手な少年。田舎育ちで根が素直なそのキャラクターは、家庭崩壊という重いテーマの作品における、一服の清涼剤のような存在だった。

「あれを撮ってたころに、若手役者集めたバラエティで一緒だったんです。で、弟くんそのまんまの、シャイでかわいい感じでしたし、しゃべりもそのまま」

ある意味、零ヶ浦宇良とは正反対の性格だ。なるほど、と灰汁島はうなずく。

「つまり、いわゆる憑依《ひょうい》タイプの役者さんってことですか」

「うん、人格からなにから『役そのもの』にリンクしちゃうやつ。で、撮影とか舞台とか、とにかく作品が終わるまでは、抜けきれない」

芝居にもいろんなタイプがあり、理詰めで演技プランや『型』を作り、それに沿うように表現するやりかたもあれば、どこまでもナチュラルに、演じているとさえ感じさせない——結果として観客が理解できない聞き取りづらい台詞があったとしても、それがリアリティとなるものもある。

そして、物語《フィクション》などでは『天才役者』として描かれがちな憑依タイプ。演じるキャラクターに完全になりきってしまうそれは、ときに過激な行動に出ることもあると瓜生は言う。

「何人かその手のタイプ知ってる。あれって才能だとは思うんだけど、かなりピーキーというか、本人も、もちろん周囲も、コントロール利かなくて振り回されるとこあるから」

「まあそれは、そうでしょうね」

フィクションのキャラクターはフィクションだからこそアナーキーさも映えるわけで、現実にいたら厄介極まりない者もいる。もしそうした厄介な役柄に主人格が乗っ取られるようなことがあれば、現代日本で日常を送るのはかなり大変だ。

「この業界、芝居うまいけど、社会性壊れてる子ってけっこうまだいるよ。大変そうだなと思う……けど反面、うらやましくもあるかなあ」

「そうですか？」

瓜生はかなり器用なほうで、それを自覚もしているし、いい意味でうまくやれている。その分だけ、彼らほどのめりこめないことにすこし、悔しさを感じることもあるという。

だが灰汁島は、そんな瓜生だからこそできる芝居もあると思うのだ。

「イサくんは、理詰めで分析しつつ、感情移入しますよね。バランスいいと思う」

「えっ褒められた！　へへ、ありがとうございます」

瓜生自身は基本的に、演出家や監督、シナリオや原作の意図をきちんと理解し、それを再現しようと努力するひとだ。演じる役にもちろん思い入れ、自分なりに解釈はするが、相手にどう見えるかを最優先にしている。

反して八郷は、徹底的に内側に引き込んで役に『成る』タイプであるのだろう。

善し悪しではなく、違い。なるほど、と灰汁島はうなずいた。

「うん、なんかすこし、わかった気がします」

全容が見えたわけではないが、八郷創成という人間に感じたバランスの悪さ、その一端が理解できて灰汁島はほっとする。

「つまり八郷さんは天才役者で、センスもいいけどコミュ力は……って。ああ、でも、なるほど、だから？」

はっと顔をあげると、瓜生が「そう！」と深くうなずいた。

「だから零ヶ浦宇良には、マストなんですよ……悔しいけども！　おれはあの尖《とが》ったキャラを演じるタイプじゃないので！」

「あははっ」

またあのへんてこな顔になる瓜生に、灰汁島はやはり笑ってしまう。この件についての瓜生は相当に悔しそうで、でも自分がわかっているだけに納得もしていて、しかし感情がついていけていない。それを素直に教えてくれるのが愛《いと》しく、おもしろい。

「まあでも、ぼく、そういうイサくんじゃなければ、つきあえてないですからねえ」

ピーキーな才能の塊を持つ人間は、大抵性格も尖っている。灰汁島は臆病だし、相手に刺《とげ》刺《とげ》しくされてそれを受けいれられるほど心も広くない。

「イサくんがイサくんで、よかったです……て、イサくん？」

しみじみ言ってふと目をやれば、両手で顔を覆ったまま、震えて天を仰いでいる瓜生がいた。目立たない席に座っても、こんな奇行をすればさすがに目を引く。

「っはあ……先生はなんでそう……もおおお！　突然！」

「え、ご、ごめん？」

「過剰なファンサだめ絶対！」

「し、してないから落ち着いて。ごめんなさい、もうしません」

反射的に謝りつつ、なんで謝ってるんだろう、と灰汁島は思う。いささか理不尽。しかし瓜生が真っ赤な顔でぶつくさ言いつつも、どうにかふつうの体勢に戻ってくれたことにはほっとした。

「と、とにかく……ドラマについてはもう、面倒がなきゃいいというか……無事に終わってくれれば、それで、ぼくは」

「……うーん」

灰汁島の言葉に、瓜生が首をひねった。まだなにかあるのかと目顔で問えば「これはおれの憶測なんだけど」とためらいつつ口を開く。

「それこそ、つっかかってくる理由のひとつに、微妙にファン心も関わってる気がする」

「ファン？」

誰が誰の、と言えば、瓜生は意外なことを言った。

「八郷くん、水地さんに憧れてるっていうのは、有名な話だから」

「そうなの⁉」

「うん。だから先生と水地さんが親しげなのが気にいらなかったんじゃないかなって」

とてもそうとは思えず灰汁島は驚く。だが瓜生は、「それはもはや公式情報」だと教えてくれた。

「それこそ、子ども時代にアイドルだった水地さんに憧れて芸能界いりしたって話、あちこちのインタビューで見た。八郷くんＣＤもだしてるけど、そのときの特集だったと思う」

八郷は独自のセンスで作詞作曲もこなし、シンガーソングライターとしても才能を認められているのだそうだ。そして、いまは主にミュージカルでその歌声を活かしている水地だが、所属していたボーイズグループでは音楽活動がメインだった。

演技も音楽もすべて、八郷の活動は水地への憧れから端を発していて、けれど素直になつくような性格でもないのは、見ての通り。

「ぶっちゃけ、事務所移ったのもそれでって話だったんだけど……これは水地さん本人から聞いたけど、八郷くん、ろくに口きいてくれないんだって」

「それは……そうだろうねえ」

八郷は、現場では水地に近寄っても来なかったし、注意されてもふてくされていたようにしか見えなかった。水地もまた、いさめようとしてもうまくいかず、なんだか困っていたふうだった。

「いや、だってあれで好意的だったたって言われても、水地さん的にも、むしろいままでのインタビューが嘘だった、くらいにしか思えないのでは？」

灰汁島が眉をひそめると、瓜生は言う。

「でもおれ、八郷くんが水地さんガチ勢なのは事実だと思うんだよね」

「あ、そういえばさっき、唐突に」

――あの……えと、水地さんは、きてる?

「うん。まったく脈絡のないところで突然名前出たから、これ相当かなって」

あの発言を聞いて、瓜生も確信を持ったという。

「でもなんでだろ? たしかにラインとかともだち登録してもらってはいるけど、イサくんとのご縁でつながっただけで、そんなに仲いいわけでも……」

「いや、じつは水地さんって、あんまりラインでつながったりとかってしないんだって。本人は『よくわかんないから』っておっしゃってるけど、インスタとかSNSもそこそこ使いこなしてるとこ見ると、じっさいは壁が高いひとだと思う」

「ええ、でもぼくのあれって行きがかり上ですよ? 親しいったって、たいしたことないんだけど」

かつて瓜生の出演した芝居の楽屋で、灰汁島と水地は縁を結んだ。その際、周囲の若手役者たちが勢いで「グループ作ろう!」と言いだし、なぜかそこに灰汁島まで放り込まれてしまった流れで、そのグループメンバーとはつながってしまっただけだ。

「でも、その後、連絡あるんでしょ?」

「まあ、はい、芝居のご案内とかくらいですけど……配信で見て感想返したりはしてます」

チケットノルマのある役者が営業ラインをするのはよく聞く話だ。水地ほどになればそんなノルマはないかもしれないが、基本的に知っている相手にアナウンスをするのは、この手の世界では定石だと教えてくれたのは、誰あろう目のまえの瓜生だ。

しかしその瓜生は、「待って、それ聞いてない」と膨れた顔をする。

「あのね、それこそあのひと『水地春久』だから、そんなあちこち営業しないんだよ？　そういうのはスタッフさんとかがするから」

「え、そう、なの？」

思ってもみなかった事実に、灰汁島は驚く。そうなのです、と瓜生は重くうなずいた。

「先生の感想って的確だから、嬉しくて舞台見てほしくて、教えてくるんじゃないかなあ。……本番前に水地さんから声かけて、会話してたんでしょ？　あのひとあれで案外、部外者とは馴《な》れあわないタイプなんです。だから、かなり気にいられてるのはガチだと思う」

「え、あ、じゃあ……？」

本当に水地には気にいられているのか。てっきり社交辞令で役者さんは大変だな、と思っていた灰汁島は、目をしばたたかせる。そして瓜生には、じめっとした目で睨《にら》まれた。

「……ひどい、先生に浮気された」

「う、浮気ってそんな」

本気でむすっとした顔をする瓜生に、灰汁島はあせった。

「おれのこの間の舞台初日は、見にこなかったくせに」

「だ、だってスケジュールが……配信で見ましたよぉ」

むくれた顔をしても瓜生はかわいいが、そう怒るのは勘弁してほしい。おそらく恋人としての意味ではなく、役者としてファンをとられたような感覚なのだろうけれど、灰汁島は瓜生がとても好きなので、怒った顔をされるととても困る。

「ええええ、イサくん機嫌なおしてください」

「どうしよっかな……このあとお泊まりに行って、コーヒー淹れてくれるなら、許そうかな」

小声で付け加えられたそれに、灰汁島が目を瞠る。にや、と悪い顔で笑ってみせる彼はたしかに役者で、まったくもう、と笑ってしまった。

「もちろんいいですよ。ケーキ買って帰ろうか」

「はは、やった。嬉しい」

にっこり満面の笑みを浮かべられて、かわいいなあ、と思う。

つきあいだしてそろそろ、年単位になろうというのに、いつまでも新鮮であたたかい気持ちがあるのは嬉しい。

「さて、じゃあ次は南棟のほう行ってみましょうか。なにがあるかな！」

「ええ、元気～……」

一度腰を落ち着けたことで灰汁島はだいぶ疲労を感じていたが、瓜生は回復したらしい。行こう、と腕を引っ張られ、情けない声をあげつつも、灰汁島は立ちあがった。

なんだかすべてがうまくいくような気分になって、笑いながら手を引く恋人についていく。楽しい時間のあとには、大抵なにかしらの面倒があるということを、このときだけ灰汁島は忘れていた。

＊　＊　＊

無事に終わってくれればいい、という灰汁島の願いもむなしく、ネットでの八郷の悪評はますますヒートアップしていった。

というのも、ＳＣＡＪ会場での偶然の邂逅《かいこう》を、悪意をもって広める人間が出てきたからだ。

【お騒がせ俳優、原作者を怒鳴りつけ、撮影を中断】

【空気を読まない八郷創成・過去の共演者が語る実態⁉】

日に日にあがってくる、こちらがちっともすすめてほしくない『おすすめ記事』の見出しに、灰汁島はうんざりとした声で電話のむこうの早坂に弁明した。

「いやたしかに声は大きかったたけど、あれはべつにそういうんじゃないですよ……」

頭を抱える灰汁島に、早坂も「いったい、なにがどうして」とため息まじりだ。

『おれとしては、灰汁島さんめずらしいとこに行ったなってのと、そんなとこで狙い撃ちされ不運すぎだっていうのとで、ダブルびっくりです』

「単なる取材だったんですよ……！　だいたい八郷さんと話した時間なんか五分もないのに、なんでこんな記事にまで⁉」

灰汁島は声を裏返す。個人ブログやSNSまとめまでならまだよかった。ついにはゴシップニュースサイトまでが、とりあげてしまっているのだ。

【――ドラマのため関係者と同行した八郷だが、現場でも毎回不機嫌をまき散らし、いくら注意されても迷惑な行動をあらためない。この日も態度をたしなめた同行者――話によるとドラマ原作の小説家らしい――に怒鳴り散らす姿が目撃されている。周囲が止めるのも聞かずに、勝手にその場を離れるなど、傍若無人にもほどがあり――】

「ドラマ関係ないですし、ぼく同行者でもないですし！　まったくもって偶然会って、ちょっと会話しただけですし、けんかなんかしてませんし……！」

『まあ、ここ、こたつ記事しか書かないので有名なとこですからね。そして、写真や内容の引用元が、捨てアカのSNSと迷惑系配信者に、管理人も不明の匿名掲示板ですから』

同じ記事を電話の向こうで読んでいたらしい早坂が、冷静に言う。

『逆にここが取りあげたせいで、信憑性《しんぴょうせい》は皆無になりましたよ。わかるひとには嘘八百だってわかりますから。とにかく灰汁島さんは、表だって反応しないことです』

「……それは、わかってます」

諭され、大きく息をついた。『ご愁傷様です』と電話口で早坂が苦笑する。

（ぼくだけの話だし、まあ、いまはいい）

ひやっとしたのは、その後瓜生と合流したところまで写真に撮られていたかと危ぶんだからだった。だが、当日の彼の「一般人への擬態」はよくできていたし、ネットに出回っている隠し撮りの写真は、八郷が最初に怒鳴った時点だ。そのときの瓜生は場をはずしていたため、ゴシップのターゲットになっていなかったようで、ほっとする。

（デートとか言ってたけど、まあ、イサくんのあれ、いつもだし）

よしんば漏れたにせよ、友人同士の交流にしか見えないであろうし、なによりそもそも『灰汁島推し』を隠さない瓜生が「先生愛してる！」と叫んだところで、いつものオタク芸か……と生ぬるく見られるだけだろう。

けれど、本来であれば無関係の瓜生までも、こんな話題に巻きこみかねなかったと思うと、げんなりしてしまう。

『それにしても、灰汁島さんのメディア嫌いが進みそうで困りましたねえ』

「……早坂さん、これってなんとかできます？」

白鳳書房《はくほうしょぼう》側で対処はできるかと問えば『むずかしいですね』とのことだった。

『見出しでは、いかにも珈琲探偵のドラマがらみだと匂わせてるんですが、記事の流れ的には弊社に関連してる話じゃまったくないんですよ。なので、手の打ちようがないです』

それもそのはず、もとはといえばＳＣＡＪの件は、完全なる通りすがりの投稿が元だ。

あの場で写真を撮っていた誰かが、匿名掲示板に面白がってアップロード。あっという間に転載され拡散され、さらに「ちょっと揉めてたよな？　八郷がなんか怒鳴ってた」という、これもぼんやりした目撃者のSNS発言とあわせ、雪だるま式に盛りに盛った結果がこれだ。

「尾ひれつきすぎっていうか、もはや尾ひれしかないじゃないですか」

『ゴシップなんてそんなもんですけどね……』

せめてSNSの初動投稿時に気づいていれば、と早坂もうなる。

「確定事項として書かないだけ、悪質ですね。八郷さん以外の固有名詞はいっさい書かれてないし……」

八郷について悪口ざんまいの誹謗《ひぼう》中傷記事ながら、じつのところ肝心のドラマの作品名も、灰汁島のPNなども記述されていない。またいかにもドラマ撮影やロケハンなどの最中におこなわれたかのように匂わせて、読者の想像力を煽《あお》ってはいるが、「らしい」「ようだ」と伝聞調でふわふわとさせて、逃げ道だけは作ってある。

結果、事実無根と言いたいが、そもそもなんの事実も書かれていないから、取り下げを訴えることもできないのだ。

『とりあえず写真が盗撮なのは事実ですから、八郷さんの事務所から抗議と削除依頼をだしたそうです。その写真もフォーカスが完全に八郷さんに絞られてるんで、灰汁島さんの姿はぼやけてますし、これでうちが抗議すると逆に、なんかあるのかって言われかねなくて』

「ですよね。……ぼくも、けんかなんかしてませんってつぶやいとこうかと思いましたけど、おさわり禁止案件かなと思ってやめときました。ただ無言でいるのも逆に勘ぐられそうだったんで、会場で買ったコーヒーの写真あげて『うまし』だけコメントつけましたけど」

『それでいいと思います。さわらぬゴシップにたたりなしです。……でも』

早坂は陰鬱に声をひそめた。

『広まった噂だけはどうしようもないです。原作者にけんか売った役者、ってあんまりいい流れじゃないというか、もうだいぶその感じで、定着してきちゃってますね』

「……ドラマに影響しますかね？」

そっとうかがう灰汁島に、早坂はひどく申し訳なさそうな声をだす。

『本来そういうことであなたを煩わせないようにするのも、おれの仕事なんですよ。……なので、本当に申し訳ありません』

「いえ……」

悔いるように言う早坂に「そんなことは」と言いかけて、意味のないなぐさめはやめようと口を閉じた。

（お互いのせいじゃない、それはわかってる。不運だったとしかいえないし、ある意味では、もともと評判が悪くなっていた八郷さんのとばっちりでもある）

その八郷としても、廿九日の話を信じるならば、元の事務所のいやがらせが続いている可能性すらあると灰汁島は思っていた。確信がないため早坂には言えないが、かなりのところその線ではないかと感じていた。

そうでなければ、なぜ灰汁島と瓜生の姿だけが表に出ないのだ。いっそ都合がよすぎるこれが、八郷だけをたたきのめすために仕組まれたのではないか。八郷の元所属事務所は、芸能界にかなりの影響力を与える会社だった。それだけの巨大権力が、まだ二十代の青年役者を、くだらない手でいじめているのだろうか。

すべては灰汁島の想像でしかないが、なにかしら不自然なこのゴシップは、そう読み解くのが正解という気がした。

(だとすれば、本当にくだらない……)

そんなものに、自分は巻きこまれたのか。理不尽にひどく腹が立って、眉間にちからがこめられる。

優柔不断な自覚のある灰汁島だが、作家としてやりたいこと、やりたくないことは、意外とはっきりしている。たとえば『顔出し』——自分の素にまつわるものを全面にだすことは、やはりいくら必要と言われても違うと思ってしまうし、了承できない。

そんなふうに、八郷ももがいているのだとしたら、もともと腹も立てていなかっただけに、同情もするけれど。

(でも、やっぱり……)

『灰汁島さん？　どうしました』

沈黙に戸惑ったように、早坂が言う。いまつらつらと考えていたことを口にしようか迷い、けっきょくやめた。証拠もないし、それこそ憶測だけだ。作家の、豊かすぎる想像力で勝手にこしらえたストーリーかもしれない。真実は、きっとこの後もわからない。

ただ、どうしても口にしたい言葉があって、それだけを灰汁島は自分に許す。

「ぼく……おこがましいかもしれませんが、作品だけで、できれば勝負したいんです」

『……はい』

「逆を言えば、作品を作って、それを世に出すためなら、頑張れるんです」

ここ数年、おそらく各社の担当編集のなかで、もっとも仕事が多く、同時に信頼も寄せている早坂だからこそ、一度はっきり言葉にして、伝えておきたかった。

「もちろん、販促活動だって言われれば、協力はします。でも、できる段階とそうでないところがあるし、それをぼくは早坂さんに理解してほしいと思ってます」

『そうですね。おれも、肝に銘じます』

「だから、ええと。……仕事外のことで、謝ったりは、いらないです。これは、早坂さんの落ち度ではまったく、ないですから。そしてもちろん、出かけたぼくの落ち度でも、ない」

相変わらず、口にする言葉はうまくない。話すうちに本質からずれていくような、どこにもなにも伝わらないのではないかというこの感覚は、一生慣れることはないのだろう。

それでも、早坂は数少ない、灰汁島の理解者で、本質をちゃんと拾ってくれる。

『ありがとうございます。わかってます。そのお手伝いをきちんと、おれも果たしたい。作る人の、ちからになりたくてこの仕事をしているので』

ありがとう、と今度は灰汁島が言う番だった。面倒なことが起きてもきちんと話ができる、取り乱さず冷静に、協力を、対処を約束できる仕事相手は、得がたいものだ。

「ぼく、早坂さんと仕事できて、よかったです」

迷惑をかけるのはこちらのほうが圧倒的に多いのに。そう思いながらしみじみと言えば、

『はは、照れますね』と早坂は笑い、そして真声になった。

『……そのうえでひとつ、おれからも謝りたいことが』

「なんでしょう？」

謝罪を受けることなんか、あったっけ。首をかしげれば、早坂が持ち出したのはあの撮影の日のことだった。

『ドラマの現場で、作家よりさきに腹を立ててしまったのは未熟だったと思います。というか、おれが間をとり持つ場面でもあったんです。……いまさらですが』

詫《わ》びられたそれに、灰汁島は「なんだ」とちいさく笑った。

「ぜんぜん気にしてませんでした。っていうか、あれはあれで、嬉しかったですよ。むかしは、……担当と、制作だか誰だかとが一緒になって、作品をくさして笑ったりしてる場面も、

見たことあるし」

『そんなことが……』

前担当に塩漬けにされていたアニメ化の、最初の打ち合わせの席だった。のちに早坂に担当が変わり、プロジェクトが再始動した際には、スタッフもかなり入れ替わっていて、灰汁島を笑っていた相手はもう、その会社にいなかった。

大人としての振る舞いは、どうすれば正しいのかなんて灰汁島にはわからない。ただでさえ社会経験が薄いまま引きこもりの作家業に突入して十数年だ。

ましていわゆる『業界』のセオリーなんて、複雑怪奇すぎる。

「だから、ほくはただ、早坂さんこっち側だってわかって嬉しかったです」

『前担当って繁浦《しげうら》……いまは結木《ゆうき》でしたっけか。聞けば聞くほどマジでクソっちゃ……っと、いけないいけない。口が悪いですねっ』

明るくけろっと笑ってみせるけれど、一瞬漏れたなまり交じりの罵倒は、あの早坂のものとは思えないほど低い声だった。

「……ぼく、早坂さん怒らせないように気をつけますね」

『だから気をつけるのはこっちなんですってば。まったく……話を戻して、八郷さんの件』

「ア、ハイ」

『いまのところ根も葉もない噂程度で、さきに言ったように現段階では対応不可能なんですが、法務にも一応、耳にいれるだけはしています』

今後も極力、ネットの様子などは注意しておくと早坂は約束してくれた。頼もしい言葉に、ほっとする。

『ただ、こういう場外乱闘って、本当にコントロール利きづらいんですよね……あ、もちろん灰汁島さんのせいではないので、そこは気に病まずに』

「はい、そうします。というか、……気にしようにもなんというのか、流れ弾すぎて」

『ですよね……』

そもそもメディア化に乗り気な作家ならばともかく、灰汁島はどちらかというまでもなくしりごみするほうだ。じっさい、手を離れたものについてはもう、作者がいくら声をあげても届かないことがあることは説明されていたし、理解もしている。

本当の本音を言えば、心血注いで作りあげた小説に他人の手がはいり、違うなにかに変わっていくことについて、なにも思うところがないわけではない。それがよいものになるにつけ、そうでないにつけ、メディア化されたものにはじめてふれた視聴者にとっては、それが『灰汁島セイ作品』とのファーストコンタクトになってしまうのだから、どうあれ影響は——それこそよきにつけ悪しきにつけ——発生してしまう。

「放映前の時点で評判どうこう言っても、最終的には出た作品がすべてですし」

『たしかに。……言ってはなんですが、炎上商売なんて言葉もあるので。話題になって見るひとを取り込めれば御の字、という考えかたも、まあ、あります』

「好きな方法じゃないですし、できれば御免被りたいですが」

それでも、メディア化が売りあげに貢献できるならと了承したのは灰汁島自身だ。いいとこどりだけしてぬくぬくしていられると思うほど、この業界があまくないことはいやというほど知っている。

（法務って言葉が出る程度には、面倒の予感があるのかもなあ）

どうしてこうなった、と思わなくもない。だが、それはそれとして受け止めるほかにないこともある。灰汁島は静かに息をついた。

「しょうがないですよ、SNS社会にはもう、ぼくもずっぽりですし。そこは作者だ出版社だ、ドラマ班だ、って言っても意味はないです」

『灰汁島さん……』

「だってそれこそ、個人の感想ひとつつぶやいただけで炎上する世の中ですよ。織りこみずみだとしていくしかないですから……むしろ、どう収束するかですよね」

そこを相談しましょうと告げれば、早坂が息をのんだ音がした。そしてややあって聞こえてきた声は、あきらかに涙声だ。

『灰汁島さんっ……ちょっと、おれは、嬉しいです』

「な、なに？」

『いや、ちょっ、感動して……あの灰汁島さんが本当に、大人になったなと……っ』

あの辣腕《らつわん》担当、早坂を泣かせてしまった。そしてとても嬉しくない感動のされかたをしている。灰汁島は目を据わらせた。

「そりゃ、ぼくのウィキペディアに炎上案件の項目、いまだに長文ドラマで掲載されてますもん……開き直るしかないですよ」

多少なり学びもすると、灰汁島は遠い目で語った。早坂も、あきらかに乾いた声になる。

『おれも出張ってますもんねえ、あの記事……』

「相変わらず女性編集だと思われてるっぽいですけどね」

一部では灰汁島と恋人関係なのではという噂も飛び交っているらしいが、早坂は爆笑したのち『ソレもおもしろいから放置してます』と言いきった。

『ていうか……そうだ。言い忘れてた。あれがきっかけで、今度おれ、漫画になるんですよ』

「……え、どういうこと?」

早坂と灰汁島のエピソードを聞きつけた別の作家が、それこそ早坂を女性のキャラクターにして、編集部メインの作品を書いていいかと提案してきたらしい。

『灰汁島さんのくだりは有名すぎるんで使いませんけど。うちの旦那とのエピソードとかは、使ってOKにしました。あ、もちろん旦那にも許可とってます』

「旦那さんも、それいいんですか⁉」

『どうせ脚色されまくって別物になるんだろうし、かまわん、だそうで』

くだんの漫画家と雑談としてあの件が話題にのぼった際、根掘り葉掘り話させられたという早坂と伴侶の男性のなれそめ、若かりしころの出会いが、作家としてなかなかのインパクトだったそうだ。

『自分では、そんなに変わった出会いとは思ってないんですけどねえ』

「そういえば、どういう……て、聞いていいんですかね」

うっかり、突っこみすぎかとあせった灰汁島に対し、早坂はけろりと言った。

『ぜんぜんいいですよ。えーと簡単に言うと、おれが大学生のころ、電車でよくチカンにあってたんですが、犯人と間違えて旦那の手ひねりあげて、指骨折させたのが出会いです』

「……は？　チカン？　骨折……なんて？」

『で、これも言ったかなあ、旦那ってジュエリーの職人でして。骨折なんか致命的なんで、しばらくただ働きのバイトするうちに、なんやかんやでつきあいました』

「……ちょっと待って、情報量が多すぎる」

それのどこが「変わった出会いではない」というんだ。骨が折れるほどひねりあげるってなに。ふだんにっこり穏やかな早坂がけっこう気が強いのも、怒らせたら怖いのも知っていたが、もしかして若かりしころは武闘派だったりしたのだろうか。

『いやあ、その程度ですよ。あとはふつう、ふつう』

「ていうか……そこまでインパクトあると、特定されませんか？」

『ないない、ごく近しい相手しか知らない話だし、むかしの話ですもん。どうせ脚色されますしね、あの先生の作風からいって』

本当かな、とうろんな目になる灰汁島は、まだ知らない。

早坂はそのアルバイト時代、先輩社員に押し倒されたあげく、工具ボックスで殴りつけて撃退していた事実を、後日打ちあげの酒の席で聞かされ、震えあがることになる。

そしておくびにも出さず穏やかな彼に、まんまと気をそらされる。

『エピソードや細かい出来事に分解して再構築しちゃったら、もう別物ですし。プライベートそのまま書いたようなエッセイだって、そこに【作者の視点】がはいってたらやっぱり、事実そのものではないとおれは思うので』

すっぱりした言葉には感心し、だからこそ彼は「編集」なんだな、とも思う。

「ぼくは……無理だなあ。そこまで割り切るの」

『創作者というか灰汁島さんは、それでいいと思いますよ。むしろ、割り切った灰汁島セイなんか誰も求めてない気がします』

「……ひどいのでは？」

『いやいや、読者として、編集としての愛のことばですって』

「ワア……」

うろんな目になった灰汁島に、くすくすと早坂は笑う。そして、この手の軽口の応酬ができる距離感の軽妙さこそ、安心感にもつながっているのだと思った。

『ともあれ、ドラマのほうはもう、あちらのスタッフとおれにぶん投げて、灰汁島さんは自分のことに集中なさってください。八郷さんについても、もう検索控えて、記事追わずに』

釘《くぎ》を刺されて苦笑しつつ、それしかないな、と灰汁島はうなずいた。

「してないですよ。勝手におすすめに出てくるだけですし……もうちょっとしたらサジェストからも消えてくれると思います」

『あはは。エゴサしなくなったのはえらいです』

「子ども褒めるみたいに言わないでくださいよ」

口を尖らせるような口調で言っては、形無しだと自分でも思う。

なんだかんだといろんな意味で壁になってくれる早坂や、他社の理解ある編集らがいてこそ、どうにか作家の肩書きをつけ、業界のセオリーにそれなりに馴染《なじ》んだふうに振る舞っていられる。

強くなった、大人になったというより、あきらめて割り切ったり、考えないようにしているところだってたくさんある。自分は本当にだめだなあと、相変わらず朝まで身もだえしてベッドで転がることだってある。

それでも、と灰汁島は、脳裏に恋人のきらきらした笑顔を思い浮かべる。

（ぼくはぼくでしか、いられないから）

頑張って、まぶしく輝いている彼の隣にいてふさわしいと、自分でそう思える人間でありたいとは、思うのだ。

「多少は、成長していたいですね。ミリ単位でいいので」

『……その答えこそ、数年まえとは別人レベルになってる証拠なんですけどねえ』

そうかな、と灰汁島は首をかしげ、そうですよ、と早坂は笑う。

『ともあれ、作家は原稿に注力で。面倒ごとは極力こっちに振ってくださいね』

「あはは～……はい」

もちろん灰汁島だってそうしたいと常々思っている。けれど、厄介ごとだの面倒ごとは、こちらが好む好まざるにかかわらず、やってくるものなのだ。

＊　＊　＊

トラブルがあろうがなんだろうが、締め切りは必ずやってくる。

灰汁島はあれから数本の短編と、ドラマタイアップ単行本用の中編を書きあげた。新機軸のためにＳＣＡＪで取材をした甲斐《かい》はあり、そこそこ満足のいく仕上がりにもなっている。

そこそこ、というのはけっして全力を尽くさなかったというわけではなく、いくらやってもけっきょくのところ満足できない、作家としての業のようなものだ。

「難儀だなあ。せんせいの頭のなか、そのままぽーんって取りだせたら名作になる？」

「いや、ぼくの脳内の思考って時系列の概念すらなくカオスだから、なにがなんだかわかんないものになりますよ」

「それはそれでおもしろそうだと思うけども」

「……ねえ」

ぼそりとした声が、会話に割ってはいる。所在なげにしているのは、ニット帽を深くかぶり、顔からはみでそうなくらいのフチつき眼鏡をかけた青年だった。

「わざわざ呼び出しまでされて、なんで関係ない話聞かされてるの、おれ」

「それ言うなら、わざわざ謝りにきて、なんでけんか腰なの？　きみ」

灰汁島がなにか言うより早く、ぶすっとした顔の八郷に瓜生が釘を刺す。にっこりと笑っているけれどもなかなか怖い。

そして八郷のちいさな頭を、がっつりと摑む大きな手の持ち主が、深々と頭をさげた。

「このたびは、というか、どのたびかわからないんだけど、とにかく本当に申し訳ない」

「ちょっ……いた、イタイ、水地さんっ」

ニット帽がずれ、眼鏡もはずれそうになっている八郷が、不服そうな声をあげる。だがそれをさらに押さえつけた彼は、ふだんの物腰やわらかな気配とはまるで別人のような鋭い目と声で言った。

「こっちが頭さげる側なのに、なにやってんだおまえは」

静かなのに、どこまでも聞くものの肝を冷やすような厳しさ。灰汁島はその迫力に、内心でひえっと声をあげるが、隣にいた瓜生は、「おおー」とちいさく声をあげた。

「これかあ、『ライフライン』元リーダーの絶対謝罪」

「……やめてくれよ、瓜生くん」

げんなりと苦笑してみせた水地は、深々とため息をつく。どういうこと、と瓜生を見れば、水地は元ボーイズグループのリーダー時代、穏やかだが絶対的な管理力を誇るので有名だったそうだ。

「若手の男子ばっかのグループって大抵、やんちゃするのが出るんですよ。報道されるような問題行動起こすとかまでいかなくても、現場に遅刻したり、指示にふてくされたり」

当時の『ライフライン』はメンバーの大半が十代、最年長の水地は唯一の二十代。当時のマネージャー以上にしっかりとメンバーの手綱を握り、謝罪の際にはこうして本人の頭を、文字どおり摑んでさげさせていたのだという。

「いまはお行儀いい子増えたけどちょっとむかしの十代のアイドルだとかタレントとかって、コントロール利かなくて現場で揉めるとかってふつうだったんだけど。水地さんのグループだけは、絶対にそれがないって有名だった」

「むかしの話なのによく知って……ってそうか、瓜生くん」

「おれも芸歴だけは長いので。なにしろ子役でしたから」

ふふっと笑う瓜生に灰汁島も「なるほど」とうなずき、いまだ水地に頭を摑《つか》まれたままの八郷をじっと見る。気まずそうに、けれどふてくされた顔でこちらをにらもうとしては、しかし自分が悪い自覚も叱られている怖さもあるのだろう、めちゃくちゃに目が泳いでいた。

百面相で、いっそおもしろいとも言えるけれど。

（しかしこれ、どうするんだろうなあ）

灰汁島は遠い目で、先日突如舞いこんだメッセージの文面を思い出す。

【灰汁島先生にはお世話になっております。このところ、弊社の八郷がご迷惑をおかけしております。一連の件についてお詫びにうかがいたく、灰汁島先生の都合のよろしいところで、お時間いただけないでしょうか】

煮え煮えと頭を悩ませた灰汁島が中編を脱稿したタイミングで、そんなメッセージをよこしたのは、誰あろう、いま目のまえにいる水地だった。

弊社、という言いかたに首をかしげたが、水地の事務所はいつぞや廿九日の言ったとおり、ほぼ彼の個人事務所のようなレベルで、彼は取締役のひとりでもあるらしい。

当初、べつにそこまでしなくていい、水地のせいではない、と返したのだがあの撮影の日とは打って変わって【そうおっしゃらずに】とひどく食いさがられ、困惑した。

そうして困り果てて相談したのが瓜生だったわけだが、ここでも灰汁島と相手の言葉の『ずれ』に気づかされることになった。

——えっとね、先生は本当に気にしてないからいいです、って言ってるのはわかる。んだけど、それやっぱり、『謝られても許すつもりないから意味がない』にとれるかも……。

本音を言えば面倒くさいにもほどがあった。しかし一般的に謝罪を受けつけないというのはあまりよく受け止められないものだし、ましてケジメにうるさい芸能界においては、ある種の攻撃とも取られかねない。

まして水地だ、筋を通さなければあのひとは納得しないと言われ、灰汁島は頭を抱えた。

——ぼくにそんな意図はないし誤解だって言っても⁉

——それも、迂遠《うえん》な皮肉にとられかねないんだよね。厄介なことにこの業界、二枚舌三枚舌でやりとりすること多いんで、意味を読み過ぎちゃうっていうか。忖度社会なんだよ。

瓜生の声にも疲れがにじんでいて、本当に面倒な業界で生きているのだな、と同情した。

(とはいえ、本当に面倒は避けたい……)

出版社や事務所を通しての大仰な話しあいなら拒否したい。早坂と話した際出てきた『法務』という言葉。そこに関わるような剣呑な事態など、灰汁島はごめんだ。

だが個人的に水地が話したいというのなら、せめて瓜生をまじえて『通訳』してほしい、と頼みこんだ。芸能界のセオリーにも、なにより他人との対話にも自信がない灰汁島が、彼らに直接謝罪を受けたとして、話がきれいにおさまるとは思えなかったからだ。

――先生がそうしたいなら、いつでも。

快諾してくれた瓜生に頼る結果となったが、話は決まった。できるだけ人目につかないようにと、都内某所のホテルにある会議室をレンタルし――手はずは水地がつけてくれた――バラバラの時間にそれぞれがひっそり集まって、話しあいがスタートしたところなのだが。

「だ、だって瓜生衣沙関係ないし、なんでいるのかって」

ふてくされた顔をする八郷は、この状態を本当に理解できているのだろうか。

「いまそこじゃない。彼は今回先生を連れてきてくださるのに尽力くださったんだから、そちらにも頭をさげるのが当然だろう」

水地の整った顔、そのこめかみにはくっきりと血管が浮きあがっている。

（それも説明されてるはず、なんだけどなあ）

本当にどこまでも八郷創成という人間は、御しきれないらしい。もはや水地への同情しかないまま、灰汁島は生ぬるい目で彼らを見つめてしまった。

「そもそも、呼び捨てはやめなさい！　……本当に申し訳ない」

「いえいえ。あの八郷創成に認知されてるだけでもおれ的にOKって感じなので。アハハ」

呼び捨てに呼び捨てで返したのはわざとだろうけれど、顔を曇らせる水地と対照的に、瓜生はどこまでもあかるい。それだけに若干腑に落ちないところもあって、灰汁島は戸惑う。

なにを考えているのだろうか。横目に見ると、気にしないで、というふうに彼は笑った。

「おれは先生のお役に立てて満足。頼ってくれて嬉しい。それだけだよ」

「そう……なの？」

にこにこする瓜生を頼もしくありがたく思う反面、そんなに尽くさなくてもいいんだけどな、とも思う。

しかしいまは本当に頼れてほっとする。なにしろ無駄に広い会議室——いちばん狭いところをおさえてはみたが、それでも最低十人以上のための部屋だ——に四人きり。

自分以外ぜんぶ芸能人。どういう空間だろうかと灰汁島は遠い目をするが、まだ意識を飛ばしている場合ではなかった。あらためて、対面にいる青年へと目をやれば、彼はびくっと細い肩を尖らせる。

「それで、ええと、八郷さん」

「……ハイ」

「ぼくもあんまり持って回った言い回し、得手じゃないのでストレートに聞きますが、その、……正直、あなたいったい、なにがしたいんでしょうか？」

言うなり、しん、と場が静まりかえった。八郷は青ざめ、水地は絶望的な顔になり、瓜生は苦笑いをする。

「先生。言いかた、言いかた」

TOUGHNESS

「んっあっ、そうだね。……えっと嫌みとか皮肉じゃないんです。端的に、この場を整えてくださった水地さんのお気持ちもわかってますし、揉めたいわけではいっさいない」

でも、と灰汁島は首をかしげる。

「先日来、はじめてお会いしてからずっと、謎に食ってかかられてて、どうもぼくとの会話が毎回、嚙みあってないんですよね」

「だって返事してくんなかったし、だからっ」

「こら、八郷」

「あ、いいです水地さん。たぶん……たぶんだけど、わかるんだけど」

自分が他人とのコミュニケーションを苦手とするタイプである灰汁島は、別のベクトルで不得手そうな八郷に対し、シンパシーを感じるところはある。彼の「言わんとするところ」はわからなくても、「なにか言いたいことがあってもがいている」のはわかるのだ。

だから、灰汁島は、通じるまでちゃんと話がしたい。そう思った。

「あの、まずぼくの話、口挟まないで聞いてもらって、いいですか。そのあと、そちらの話も、傾聴しますから」

灰汁島のその言葉に、ふっと目を瞠ったのは瓜生だった。

——とりあえず聞いてください、ごめんなさい。

なつかしい、彼といちばん深い話をした日。そのまま勢いで恋心を自覚したあげく、流れもなにもないまま「好きになりました」などと打ち明けてしまったあれは、いまでも赤面ものの思い出であり、灰汁島にとって初恋が成就した記念日でもある。

「……わかった。聞き、ます」

歩み寄ろうと思っている、という意思が伝わったのか、八郷ははじめて、灰汁島に対して警戒心のない目を向けた。横にいる水地が驚いている。

「え、嘘だろ……どうやっていま、こいつにわからせたの、先生……」

「コミュ力弱い人間なりに、通じるものがあるんです」

「ごめん、わかんない」

首をかしげている水地は、おそらくとても正しくまっとうな大人で、臆さずひとと関わり続けられるひとなのだろう。間違いは間違いと正せる強さも、彼なりの倫理もあり、どっしりとした核があって自分を形成しているひとだ。

だからこそ、そういうひとには、八郷はわからない。

「えっとですね。まずぼくとしては、とくに謝罪していただく必要は本当に、感じてないです。なぜかと言えば、べつに怒ってもないし、不愉快と思ったこともない。ドラマさえ、きちんと撮影されて、無事に終わってくれたらそれでいいです」

ここまでいいですか、と目で問えば、約束どおり無言のまま八郷はこくんとうなずく。

「で、なんで怒らないのとか、水地さんとかは思うと思いますし、非常に気にされているみたいなのですが、ええっと……ぼく八郷さんについて、ある種どうでもいいというか興味がないというか」

「そっ……!?」

ぎょっとしたように目を剝《む》いたのは水地で、隣の瓜生が「だから、言いかたぁ……」と苦笑する。

しかし、その発言を向けられた八郷は、怒るどころか、なるほど！ とでも言うように目をまるくしたあと、ぶんぶんとうなずいていた。

「原作をドラマにしていただいてありがたいですし、そこはきちんとご協力もします。でもドラマってあくまでドラマで、もうぼくの作品じゃないんです。えっと愛着がないとかじゃなくて、肉体を持ったひとが演じて、映像として編集されている段階で、どうあっても変わるというか、違うものでしかない。……わかります？」

「わかり、ます、えっと……」

うなずいたあと、八郷はおずおずと手をあげた。発言したいけどいいか、のジェスチャーに、どうぞ、と灰汁島はうなずいた。

「ねえ、じゃあなんで、台詞変えたらだめだったの？」

「……そこかあ。うん、そこからですよね」

振り出しに戻るんだな、と灰汁島はうなずき、水地は頭を抱え、瓜生はなんだかおもしろそうにふたりを見比べていた。

「えっと、ぼくは台詞を変えてはだめだと言ったことは、一度もないです」

「でも監督が――」

「はい、だからあれは、『監督の指示』であり、ぼくの指示ではないんです」

そこでようやくはっとしたらしい。八郷は目を瞠り、隣の水地を思わず、といったように仰いだ。ため息をついたベテラン俳優は「そうだよ」と疲れた声で言う。

「そもそもあそこで、いくら先生に『なんで』って食ってかかったって意味はなかったんだ」

「ドラマの現場での決定権や裁量権は、ぼくには、ないんですよ。あるとすれば、著作権ホルダーという立場から『意見を聞かれたときに限り、原作者の立場からの助言』をする程度」

むしろ業界に深い八郷のほうが知っているべきなのではないのかという話は、先日の廿九日や瓜生との会話でなんとなく察した。

（役者、ではあるんだろう。でも芸能人としては、意識が薄い）

八郷はいわゆるアーティスト気質で、浮世離れしているタイプだ。ともすれば、カネまわりや時間、しがらみだとかそういうものより、『作品として・演技としてよし』と思うものを最優先してしまう。かつての事務所では囲いこむことで、その面を補っていた。同時に、八郷自身を型に押しこめることで、成長を阻害していたのかもしれない。

「では逆に質問しますね。八郷さん、どうして台詞を変えたかったんでしょうか」

「……だって気持ち悪くて、アダッ」

今度は水地が「言いかた！」と眉を寄せて八郷の後頭部をひっぱたいた。瓜生が我慢できなくなったかのように「ぶふっ」と吹き出し、慌てて口を手でおさえる。水地は目尻をつりあげ、声を尖らせた。

「いや笑い事じゃないよ瓜生くん、このふたり本当に会話させてだいじょうぶか⁉　おれは胃が痛くなってきたんだけど⁉」

「んっふ……ごめんなさい。おれはちょっとこの会話わかるし、おもしろいので……でも水地さんはきついですよね、おつかれです」

笑いをこらえつつ、若干涙目になった瓜生が「まあ、聞いてましょ」と先輩役者をなだめている横で、灰汁島はちょっと恥ずかしいなあと頬を掻いた。コミュ力の低い者同士の、どうしようもなく下手くそな会話は水地の胃に悪いらしい。申し訳なくもあるが、我慢してほしい。

「ええと、ですね。その『気持ち悪い』という、ものすごくインパクトのある言葉の意味をぼくは、教えてほしいと思ってます」

「意味って、だから、そのままです。声にだすのが気持ち悪い。うまく、言葉に感情が乗らない。いや、零ヶ浦はそうわかりやすく発露するタイプじゃないし、一見ものすごくわかりにくいけど、裏側にはめちゃくちゃいっぱい彼なりの思考が渦巻いていて――」

それからは八郷の独壇場だった。自分なりにキャラクターを読みこんだこと、シンクロしていったさきにある違和感。ヒートアップして早口気味に、怒濤《どとう》のごとく語りだす。

「原作もほんとにめちゃくちゃ読んだし、あれが、文章で読んで……目で見てイメージするには最適解なのはわかる。でも、だけど、ええと……」

「……肉声にして発音すると、わかりづらい？」

「それ！　日常で使う言葉じゃないから、耳でとらえたとき、『迂愚《うぐ》』とか一瞬わかんない。脳が誤作動する感じがある。……あと単純に、言いづらい」

もごもごと言う八郷に、ああ、と灰汁島はうなずいた。あの日、耳にした、問題の台詞が八郷の声で頭をよぎる。

『相変わらず迂愚なことだ。姦《かしま》しく騒ぐばかりで、誰も彼も頭がずいぶん……あたたかいらしい。いや繊弱なだけか？　ならば失敬――』

灰汁島が文章を書く際には、言いづらさ、聞き取りづらさはそこまで意識しない。字面のほうが優先されるからだ。しかし最近メディア化が増えてきて、収録に立ち会うようになった際に、『音』というものが案外不自由であることも知った。たとえば同音異義語や、一般に聞き慣れない単語などは、瞬時に意味を摑みづらい。

それでもアニメなどは映像があるだけマシなこともある。演出にもよるが、場合によればテロップ的に文字をいれて補足することだってできる。だがドラマＣＤともなると、これがもう完全に音だけの世界になるから、むずかしい。

「仰《おっしゃ》りたいことは理解しました。でもそれなら脚本家のほうに判断を仰いではいかがでしょうか」

「監督がOKしなかった。原作の台詞がいいんだって」

ぶすっとして口を尖らせる八郷に、水地がため息をつく。

「だからって飛び越えて先生にどうにかしてもらおうとしたのか？」

「……そこまであまえたこと考えたわけじゃないけど」

「やってることはあまったれそのものだろう。まるで筋が通ってない。おまえがやるべきは監督とのディスカッションだ」

「したけど！　だめだって言われるばっかで、でもあのままじゃ、宇良になれないし！」

「なんでだめだって言われるのかを考えなさい」

噛みついている八郷に、厳しくいさめる水地。ビリビリとしたやりとりはふだんなら苦手な灰汁島だが、八郷があまりにもなので、逆に毒気が抜かれてしまう。

「……イサくん。だいぶその、彼、あれだね」

「アハハ……」

隣の瓜生が濁したさきの言葉を察して苦笑する。

「水地さんがあんな振り回されてるのもはじめて見ますよ」

「だよね、初対面のときめっちゃ動じない王様だったのに」

ぼそぼそとした会話は、水地にも当然聞こえていたようだ。眉間に深くしわが刻まれ、あんなに眉を寄せていたら溝が掘られてしまうのではと心配になるほどだ。

「こいつがあまりにも子どもすぎるんで、ペースが崩れるんです」

「……そんなんじゃないですけども」

八郷はむくれた。水地のあきれた言葉を否定しながらぶすくれているようでは、もう本当に子どもとしか言えない。どうやったらこうも天衣無縫なまま、成人するまでの年齢に至れるのだろう。逆に灰汁島は感心してしまった。

だがその八郷にしても、言いたいことはあるらしい。

「おれが、滑舌悪いのも自覚してるし、そこは申し訳ないと思ってる。でも、それを置いておいても、言い換えたほうが絶対カッコイイし、わかりやすいと思う」

譲れない、という目をして八郷は言いきった。灰汁島は、しかしうなずけない。

「意見としてはうかがいますけれど、この場で言われても、やはりぼくにはなにも言えないです。この作品について最終的に方向性を決めるのはきみじゃないですし、ぼくでもない」

「でもっ……」

「それから、この話しあいはあくまで、場外乱闘が起きてしまった件をどうおさめるか、という件についてであって、作品をどうするという場じゃないです。八郷さんの話をまず聞いたのは、行動が理解できなかったから、それを知るための補助情報が欲しかっただけです」

言いながら、灰汁島の手はテーブルの下でせわしなく動き続けていた。ひととの会話が苦手な灰汁島は、まとまった長文を話す際にはまず、脳内のキーボードで文章を構築する。それを読みあげる感覚でどうにかやりすごせる。

ただ、これは瓜生に指摘されて気づいたが、そういうときの灰汁島は言葉に注力するあまり、ふだんから豊かでない表情も声も、すべて平坦になってしまうらしい。

つまりは、ものすごく無感情で、冷たく見える。ふだんがおっとり穏やかにしているだけに、そのギャップたるや、すさまじいとは瓜生の談だ。

——おれは慣れたけど、そういうときの先生ちょっと、怖いんだよね。

そこもかっこいいけど、と笑ってくれるのは瓜生だからこそで、ろくに灰汁島を知らない相手が目の当《ま》たりにした日には——。

「……申し訳ない。本当に、そこまで気分を害されているというのに、謝罪の場をいただけただけでもありがたく思います」

「ご、ごめんなさい……ちゃんと、監督に、話します」

水地は青ざめるし、八郷まで涙目になりながら頭をさげてくる。目をしばたたかせ、自動読みあげモードから戻った灰汁島は、おろおろとしたまま瓜生を見た。

「イ、イサくん?」

どうしましょうと目ですがれば、瓜生はこくりとうなずき、苦笑しながら説明してくれた。

「あ〜えっと、先生ほんとに怒ってないから。だいじょうぶです。いまはどう言えば曲がらずに伝わるかって考えに集中しているだけだから。ほら、言葉を使うお仕事の方だから」

「はい、あの、です」

こくこく、とうなずく灰汁島に、水地と八郷が目を丸くする。そして、八郷が上目遣いにこう言った。

「……あの、灰汁島……さんってもしかして、コミュ力に難ありのひと？」

「おまえが言うんじゃない！」

水地の落とした雷は、その場の全員が心で叫んだことだった。

＊　＊　＊

数時間後、灰汁島は、宿泊を予定していたホテルの部屋に瓜生を伴ってチェックインした。

念のため、同じホテルの部屋をおさえていてよかったと、灰汁島はソファにぐったりと身を預ける。

「先生、お疲れ様でした」

「イサくんもありがとう……ほんとごめんね……」

「いえいえ、なにも」

公ではないにせよ話しあいの場ということなんで、灰汁島はネクタイなしのスーツをこの日、着用していた。上着を脱がなければしわになるとは思うけれど、動く気力がわかない。

ちなみに瓜生は「単なる付き添い」と言いきっただけあって、カットソーにシャツジャケットというラフなファッションだ。

「あ、コーヒーマシンある。おれこれ欲しいんだよね……先生、エスプレッソでいい？」

「うん、お願い……」

つきあって疲れてもいるだろうに、瓜生は穏やかに笑いながら、上着を脱ぎ、手を洗うと、ホテルに備えつけのコーヒーマシンにポーションカプセルをセットする。灰汁島はその間も、ぼうっと天井を眺めるしかできなかった。

「なんとか話まとまってよかったねえ」

「……まとまったっていうか、ぜんぶイサくんがまとめてくれたっていうか」

お世話になりました、と灰汁島はどうにか頭をさげる。にっこりと瓜生が微笑み、だが言葉はなかった。

（ほんとに、なんとかなってよかった……）

八郷とは、あのあと何度か脱線しつつも、どうにかこの日の本題をまとめることができた。

すでに出回ってしまった八郷の悪評、灰汁島との不仲説をどうにかするにはけっきょく、なんらかの形で払拭する話をだすしかないのでは、という案をだしたのは瓜生だった。

――なんていうのか、仲良しアピール？　してみるとかどうだろうなって。

といっても、八郷と灰汁島で、映像つきインタビューだの、対談だのといったことをやるのもあからさますぎる。ヘタに火消しと勘ぐられれば、事故につぐ事故にほかならない。

そこで、と瓜生が言ったのは再度の撮影現場訪問、そして。

「……場外乱闘には場外乱闘って、よく考えたね」

「遊びに行った場を勝手に撮られたんですから、もう一回やってもらえばいいんですよ」

そして会話をせずともそこその時間一緒にいて、なおかつ人目にふれる場となれば、と提案されたのが、次に瓜生の出る舞台の演目を、灰汁島と八郷揃って見に来る、というもの。

さすがにふたりきりでまたなにかあっては困るため、両名と交流の深い水地も同行する、という方向で話がまとまった。

幸い、関係者席にちょうどそれくらいの余裕があり、その場でマネージャーに電話をした瓜生が席をおさえてくれた。

「イサくんぜんぜん関係ない話なのに……」

「あっはは。おれ的には話題の皆さんが舞台見に来てくれれば、こっちの宣伝にもなるしおっけーですってば」

けろりと言ってくれる瓜生の、あかるい表情。いろんな意味で丁寧にひとを見て、つないでいける瓜生にいまさらながら感心する。

「イサくんは、すごいね」

「ん？　なにがですか」

「ぼくは……面倒になる。正直今回のこれも、イサくんがいろいろフォローしてくれたり、八郷さんや水地さんに対しての話をしてくれなかったら、ほっといちゃったと思う」

そもそも瓜生を通しての人間関係だったからこそ、水地が必死になって謝罪したいというのもむげにできなかった。そうでなかったら無視してしまっていたかもしれない。

灰汁島の悪癖だ。一定以上のストレスがかかる相手との関わりに、ものすごく興味がない。

廿九日に、八郷のもとの事務所に関しての話を聞かされ、不快感はあった。理不尽を受けて気の毒とも思った。だが——それでこちらが巻きこまれるのは面倒だというのが、灰汁島のまごうかたなき本音だった。

「先生のそういうところもわかってるから、ごめんね、ちょっと余計な口だしたとこある」

「余計なんかじゃないよ。そのほうが、きっと正しい。……でも、なんで？」

どうしてそこまでしてくれる。灰汁島がじっと目で問えば、瓜生は「んん」と首をかしげて、ちょっと照れたように目を伏せた。

「おれは……灰汁島セイのファンだから」

「知ってるけど」

「うん。だからね、先生はドラマ……本音のとこ、どうでもいいって思ってるとこあるのもわかってる。けどおれはね、成功してほしい」

そして、いい作品を作るには役者のテンションも大事だと、瓜生は痛いほど知っていると言った。

「八郷くんにも水地さんにも、せっかく出られるんだから、あの灰汁島セイの世界にはいれるんだから、ちゃんとしてよ、って正直思ってる」

「……イサくん」

「本音はいまだに、出られないの悔しい。けど、今回はファン心優先で！　おれにできる範囲の協力するなら、関わったようなもんだしね」

ふふっと誇らしげに笑う瓜生に、灰汁島はもはやあきれてしまった。

「きみ、なんでそんなに『灰汁島セイ』好きなの？」

「大好きだからです！　好きに理由いる？」

にかっと笑った瓜生の顔が、まぶしすぎて目がくらみそうだと思う。どうして本当に、こんなに素敵なひとが、この場にいてくれるのかわからない、と思う。

言葉が出ない。もどかしい。喉にものすごく大きな感情の塊がつっかえていて、うめいてしまいそうだと思う。

そんな灰汁島を知らず、瓜生は「それにね」と声のトーンを変えた。

「それに、水地さんも世話になってるし、八郷くんも悪い子じゃないのは知ってたから。こじれてほしくないなあって。……あとね」

すこし考えこむように間を置いて、瓜生は言った。

「あの子、八郷くん、ちょっと先生に似てる気がした」

「似てる。……どこがっていうまでもないですね」

双方、猛烈にコミュ力がないのは共通している。そしてどうにもその発言は、他人を心胆寒からしめるようなものになるようで、きょうの話しあいの間中、水地はずっと眉間にしわを寄せていた。

「水地さんには悪いことしたかな」

「あのひとはよくも悪くも業界長いから、あれで悪意がないって理解するのむずかしいとこあるかも」

「……そんなに？」

「言ったでしょう、裏の読みあいの業界ですよ」

ふっと笑う瓜生が、いつもより大人びて見える。いや、じっさいに彼は灰汁島よりもずっと大人で、世慣れているのだ。それでもそういう面をあまり見せつけられると灰汁島が臆してしまうから、上手に隠してくれている。

「八郷くんは……頭よすぎる、って言うか回転早すぎるんじゃないかな、口の動きが思考速度に追いついてない感じ？」

「それはわかる」

自身もしゃべるより書くほうが早いことがある灰汁島は、深くうなずいた。もどかしそうにもごもごとしている八郷に、だからあまり悪感情はない。しかし瓜生は、さらに思いがけないことを言った。

「口下手なの、滑舌悪いのもひとつかも。あれたぶん、顔がちいさすぎて舌がひっかかってる。歯列矯正、失敗したか、あってないいんじゃないかな」

「あ、そういえば……」

まだこのキャスティングが決定したばかりのころ八郷を調べていた際、ネットにあがっていたむかしの写真では八重歯があった。けれど昨日間近に見た彼の歯並びは、さすが芸能人と言える完璧なものだった。

「歯列矯正って、嚙み合わせとかよくするんじゃないんですか」

「やったことで逆に骨格変わったり、滑舌悪くなる場合もあるよ」

知り合いが何人か失敗している、という瓜生に、灰汁島は顔をしかめた。

「それってなおせるの？」

「んー、状態によるけど、たぶん？　転院して治したヤツいたから紹介してもらっておくよ」

ブリッジつらいらしいんだよね、と同情する瓜生に、灰汁島はぽつりと言った。

「……イサくんは、ひとをよく見てるね」

「役者ですから。先生だって人間観察すっごいするじゃないですか」

「ぼくは……ぼくとは、見方が違うと思う」

灰汁島の場合は本当に『観察』だ。事象としてデータを分析し、並列化し、整理して脳内に、あるいはメモをとって記録する。それはあくまで作品世界に組み込めるか否か、そういう基準でのものでしかないから、記憶とはまた違う。だから、あまり他人の顔を覚えない。

瓜生は、正しく『ひと』を見ている。思いやり、どうすれば相手が心地よいのかと、そこまできちんと心を砕く。むろんそれは彼のたまに言う、業界でうまくやるためであったり、あれだけひとの多い仕事場で円滑に人間関係をやりすごすための必須スキルでもあるのだとは思う。

(それだけじゃない。彼は、やさしい)

本質的な瓜生のやさしさは、灰汁島にはとても尊い。自分には、ないものだからだ。

「あー、やっぱり作家の観察眼は違いますよね、きっと」

うんうん、とひとり納得している瓜生は、灰汁島の欠けている部分や、あまり他人にやさしくなれない部分に気づいていないのか。気づいていて、それはそれ、として放っておいてくれている、が正しい気がする。

「まえから思ってるけど、イサくんの見てるぼくって、ものすごい人物みたいだよね」

「なに言ってるの。ものすごい人物ですよ？　おれの神様みたいなもんですよ？」

「言いすぎ」

苦笑してみせながらも、なんだか泣いてしまいそうだと灰汁島は思った。

濁りも裏もなにもない、百パーセントの好意をずっと向け続けてくれる瓜生に、灰汁島はもはや感動に似たものを覚えてしまう。

こんなに、信じさせてくれたひとが人生のなかでいままで、いただろうかと思う。

こんなに、灰汁島を尊重して、やさしくして、ぜんぶのぜんぶ味方になってくれて、そのための労をいとわずにいてくれるようなひとが、それもこんなにかわいくきれいでかっこよくて、仕事もできるひとが、恋人である僥倖《ぎょうこう》を、どこの誰に感謝すればいいのだ。

「……イサくん」

「はあい？」

「イサくん」

「なあんですか。……あ、コーヒーはいったよ、せんせ――」

静かに立ちあがり、コーヒーマシンのまえにいる瓜生を抱きしめる。抱きついた、のほうが正しいかもしれない。

「イサくん」

「うん、どしたの」

くすくすと笑いながら、後ろ手で灰汁島の腕をぽんぽんとたたいてくる。本当に瓜生は、どこまで許してくれるのだろう。

「ぼくは、あなたが初恋で、最初の恋人になってくれて、本当に幸せだなあって思います」

「うぉ、お、そ、そうですか」

突然の言葉に照れたのか、瓜生が変な声を発した。そして細い首筋から耳までじわじわ赤くなっていくのが、かわいらしくも色っぽいと思う。

「えっと、おれも幸せです、よ?」

「……だったらいいなあ」

ぎゅうっと抱きしめて、うなじに顔を埋める。いつもの瓜生のあまい匂いがして、ほっとする。その瞬間、ああ、疲れてたんだな、と、いまさらに灰汁島は気づいてしまった。

「ぼく、恵まれてるなあと、思うんです」

「……うん」

「ありがたいんですよ。ぼくの作品にドラマとか、そんな大きな話が来るのは。だからやれる限りのことはやろうと思う」

「先生、頑張ってるよね」

エスプレッソを注いだカップをサイドテーブルに置いて、瓜生は腕のなかでくるりと方向を変えた。まっすぐ見あげてくる大きな目のなかには、なんだか情けなく顔をゆがめた自分がいる。

「だからなんか……しんどいって、言うのも、気が引けてました」

「どうして？　言っていいよ。人間だもん。疲れますよ」

「言っていいの、ほんとに。ひどいことでも？」

「いいですよ。ぜんぶ聞くよ」

どうぞ、と両手を広げられて、ああ、落ちるなあ、と思った。落ちたさきが瓜生の腕のなかだなんて、天国みたいだなあと思いながら、灰汁島は内心を吐露する。

「正直、ぼくはぼくのこと以外、どうでもいい、ってところほんとに、あります。小説だけ書いてたいし、あとのリソースはイサくんのこと考えるだけにしたい」

けっこうひとでなしです。疲れてこぼしたそれを、瓜生はやさしく拾いあげ、否定せず、まるくやさしく撫でるような声を発した。

「先生がおれのこと考えてくれるのは、めっちゃ嬉しいな」

「それでいいの？　ほんと、ろくでなしなこと言ったと思うけど」

「だって先生にとっての小説って絶対でしょ？　その端っこにおれのリソース割いてくれてるのに、なにか言うことあります？　ないでしょ？」

にっこり、瓜生はいつものように、灰汁島を全肯定した。

両手をあげた瓜生が、髪をくしゃくしゃと撫でてくる。ちょっと泣けてきて、ますます灰汁島は恋人にしがみつき、頭を、肩を、頬を撫でる手に慰められた。

「よしよし、お疲れ。いっぱい考えて、しゃべって、頑張ったね、セイさん」

「……ん」

とくに気にしてはいなかったとはいえ、いきなりつっかかってきた八郷には悩まされたし、ドラマという大きなプロジェクトに対して気を張ってもいた。

廿九日が言うように、喉から手が出るほどそれを欲しているひとたちからすれば、悩ましいあれこれすらも贅沢《ぜいたく》なことかもしれないと、疲労感や悩むことにすら引け目を感じて、それでまた、気を張った。

でも、いいだろうか。あまえても。恋人なら。

「イサくんには、かっこよく仕事してるとこだけ見ててほしいんだけど……でも、同時に、ぼくがだめでも、情けなくても、許してほしいって、図々《ずうずう》しいこと考えてます」

「ング……っ」

肩口に顔を埋めた相手から、なにやら妙なうめき声が聞こえた。いつものあれかなあ、とぼんやり疲労して熱っぽい頭で考え、瓜生の奇矯な言動にむしろ、いつもどおりだなあ、と安心している自分を知っておかしくなった。

「その妙な鳴き声の意味ってなんですか？」

「珍獣みたいに言わないでくださいよ。先生が尊くてかわいいから声が出るだけです」

ふつうのことです、と胸を張って言うことだろうか。どうしてこう、いかにもおしゃれないまどきの青年なのに、トンチンカンな方向にかわいいのだろう。

「やっぱりイサくんは珍獣だと思う」

「なんでだ、ひっでえ」

わはは、と声をあげて笑う。その唇がとてもやわらかそうに見えて、だから、吸った。

「……もう、ほんと、いきなりですね」

「いやですか」

「そんなわけないでしょ……」

ものすごく色っぽくこちらを翻弄することもできるのに、いまだに灰汁島が不意に求めると、照れて赤くなる。ふいっと目をそらすから、追いかけるように目尻に口づけ、こめかみから耳、頬、鼻先、額、そしてまた唇と、ぜんぶに口づけた。

「え、ま、待って、エスプレッソ」

「あとで飲む」

「あわあわなんだよ、あとだとおいしくない、って、待って待って待って」

ホテルは楽だな、と思った。ちょっと歩けばすぐにベッドだ。そして押せば瓜生は上手に倒れる。

「あわあわしてるイサくんのほうをいただきたいです」

「意味が違うっていうかそういう、なに、え？　マジで？　ここでするの？」

本当にめずらしく、本気でうろたえているようだった。これは、と悟った灰汁島は、無意識に口角が持ちあがるのを感じる。

「……準備してない？」

ささやくと、真っ赤になった瓜生が思いきり目をそらす。もう首まで真っ赤で、灰汁島にはおいしそうでたまらない。

「さ、さすがに、あんな話しあいのあと、こういうことになるとか、思ってなくて」

「よし」

思わずぐっと拳を握れば、瓜生は本気で逃げようとじたばたしはじめた。

「待って待って待って待って！　えっ、待って⁉」

「やだ。きょうこそぼくがしますので」

あのはじめての夜から幾星霜《いくせいそう》。いまのいままで一度として、前準備をさせてくれなかった恋人に、ようやく挑める。自覚のあるギラついた目のまま見下ろすと、すこし怯《おび》えたように瓜生が肩をすくめた。

「どう、しても？」

「はい」

「じ、時間くれたら……」

「シャワーの時間だけならあげます。その間にドラッグストア行ってくるから」

準備がないという言葉のとおり、おそらく今回の瓜生はなんの用意もないだろう。いつもさりげなく、ローションなどのラブグッズの類いも揃えられていて、灰汁島は初夜からずっと、困ったことがない。

そう、ないのが、悩みの種だった。

「ぼくはね、イサくんのことぜんぶ知ってたいです」

「……そんなにいいものじゃないと思う……手間ばっかかかるかもだし、よく、ないかも。あとほんとに、世話かけちゃいそうだし」

「手間かけたいし、お世話したいです。とにかく、なんか……なんか、してあげたい」

言葉を切って、灰汁島は瓜生を抱きしめた。びくっとこわばる彼は、いつもの余裕をなくしているようで、それがちょっとかわいそうで、かわいい。

「ぼくは、ぼくだって、イサくんを好きで、好きでたまらないので、いつだって、なにかしてあげたいんです。でもする隙間がないくらい、もらいっぱなしだ」

「そんなこと、ないよ」

おずおずと背中を抱き返してくれて、ほっとする。やさしく髪を撫でてくれる手を捕まえて、器用な掌に顔を押しつけた。

「ぼくの知らないイサくん、教えてください。たぶん、最初のころよりは……上手になったと、思うので」

学ぶのは得意だし、応用もできると思う。じっと見つめて言えば、瓜生は観念したようにため息をついた。

「先生は……最初から、上手でしたよ……」

リップサービスしなくていいのに、と苦笑する灰汁島は、瓜生のそれが本心で、どうしてそこまで微妙に抵抗するのかを察してやることはできない。

「明日、帰れる程度に加減はしてね？」

「努力します」

そう答えた瞬間までは、たしかにそう思っていたのだ。

＊　＊　＊

宣言どおり、瓜生にシャワーを浴びさせている間に灰汁島はホテルを出て、大型ドラッグストアに走った。幸いなことにセルフレジ完備で、必要なあれこれを手早く購入したのち、恋人の気が変わるまえにと部屋にとって返す。

「あれまだ、お風呂か」

室内に戻ると、浴室からはシャワーの音がまだ響いていた。そこそこ広い部屋で、洗面所と浴室がちゃんとわかれている。灰汁島が手洗いうがいをする間も、とくに気づかれた様子はなかった。

最低限のケアだけは自分でするから、と言うので「きれいにするとこ見るのは？」と問えば、「さすがにそれだけは許しません」と真っ赤になった瓜生に言われてしまった。

そしてその彼の羞恥に若干、ぞくぞくするものを感じてしまったので、ああなるほどだから見せたくないんだな、と察した灰汁島は、ひとまず引き下がった。ちょっとたちの悪い癖《ヘキ》が目覚めそうな予感がして、おそらく瓜生のほうがそれをさきに感じている。

（怖がらせたいわけじゃ、ないし）

我慢はできる、とひとりでうなずいていると、ドアの開く音がした。

「え、はや……おかえり……」

「た、ただいま」

ホテルに備えつけのバスローブを着た瓜生は、ほかほかで、いい匂いがした。ぐっとこみあげてくるものをこらえ、灰汁島は上着を脱ぎながら彼の出てきたほうへ向かう。

「ぼ、ぼくもシャワー浴びてきます」

「え……いいよ、べつに、そのままで」

「よくない。きれいにしないと、きれいなイサくんさわれない」

セーフセックスはまず清潔感から。伸びた爪や汚れた手でパートナーにふれるなど言語道断。初手で学んだそれを、灰汁島はいまだに遵守《じゅんしゅ》している。

きっぱりと言えば、湯上がりよりさらに真っ赤になった瓜生が両手で顔を覆っていた。

「なに、どうしたの」

「ナンデモナイデス」

「？　……じゃあ、すぐ戻ります」

「イッテラッシャイ」

相変わらず謎なところで照れられるなあ、と思いながら浴室に向かう灰汁島は、自分こそが謎がられていることには、相変わらず無自覚だった。

手早くシャワーを浴び、髪まで洗うとあとが爆発して大変なので、身体だけをきれいにしたのちバスローブを羽織る。灰汁島の身長だとかなり足が出てしまうかと思ったが、そこそこ高級なホテルは、ちゃんと大柄な男性向けのサイズも揃えていてくれた。

間抜けなことにならなくてよかった、と思いながら部屋に戻ると、ベッドのうえで膝を抱えた瓜生が、灰汁島の買ってきた袋をまえにじっとしていた。

「……どうしたの、イサくん」

「先生がどんな顔でこれ買ってきたのかと思ったら、なんか急にいたたまれなくなった」

「それ言われてしまうと、ぼくはもっといたたまれなくなるのでやめて？」

赤くなりつつ、ベッドに乗りあげる。ふだんはあれほどスマートに振る舞い、灰汁島を翻弄してくれる瓜生が、それだけでびくっとなった。

手を伸ばし、膝を抱えている指先を握れば冷たい。ひどく緊張しているらしい。

「気が乗らないなら、無理強いはしません」

「ちが……いやとかじゃ、ないです」

ぶんぶんと顔を振る、その頬はまだ赤い。表情からはたしかに嫌悪感は感じられなくてほっとする。

「ただあの、たぶん思ってるより面倒くさいと思う……から」

「面倒みたいって言いましたよ」

「うう……」

かわいいなあ、と思いつつ、気がはやるままに押し倒したりはしない。瓜生の心が整わないなら、灰汁島はいくらだって待てる。いつだって彼がそうしてくれたように、大事に大事にしたいのだ。

「ごめん、さきにこれ、用意しときますね」

ムードもなにもないけれど、いざはじまってあれこれしながら、未開封のローションやゴムをさっと用意する——などという神業を灰汁島はおこなえない。事前準備しているほうが百倍マシなはずだと、ドラッグストアの袋をあけた。

「アハハ、はい。おれもあける」

緊張はまだあるようだけれど、くすりと笑った瓜生がローションの箱を手に取る。ふたりしてバスローブで、ベッドのうえで、ラブグッズの開封。なにやってんだろうな、と思わなくはない。

「ぼくはほんと、行動がダサいんですけど」

「え、そんなことないけど」

「いやダサいんです。……でも、イサくんが怪我《けが》とかするほうが、絶対いやなので」

ちっともスマートじゃないけれど、これらをおざなりにして瓜生に万が一の傷でもついたらと思えば、なんのことはない。そういえば、瓜生はあきれるでもなく、ちょっと困ったように眉を寄せて、笑う。

「おれこそ……変になっても嫌わないでね」

あげくにそんないじらしいことを言うから、すでに息の根が止められそうでもある。

「あり得ないこと、言わなくていいから」

でも、とまた言いそうな唇を、すこしだけ強引に塞《ふさ》いだ。ぐるぐるしているようで、若干集中していなさそうな瓜生はそれでも、抱きしめる腕にも唇にも応えてくれる。

舌をしのばせると、同じ歯磨き粉の味がした。ホテルに備えつけてあったやつだと気づいて、意味のわからないおかしさを感じる。

「ん……っ、さきに、そこ、準備、する？」

「する」

たったいま開封したローションを手にとり、瓜生のなめらかな足に手をかける。ほとんど抵抗なく開いてくれて、しっとりと湿った内ももをゆるく撫で、目的の場所にふれた。

（……なるほど）

たしかにいつもよりすこし、かたい印象があった。濡《ぬ》れてもいない。本当にいろんな意味であまやかされて手間を省かれていたなあ、と内心忸怩《じくじ》たるものを覚えつつ、濡らした指で狭間《はざま》を撫でた。おおげさなくらい、びくんと瓜生の腰が跳ねる。

「っ……」

「い、痛いですか」

「ちが、うから」

ぎゅっと目をつぶり、両手は枕をつかんでいる。見たことのない顔だとどきどきしながら、まだほころびきれないそこにそっと、指をさしこんだ。

「ひんっ……！」

「え」

今度こそはっきりと、あまい声があがる。まだろくになにも、と驚いた灰汁島は、それでようやく気づいた。

「イサくん、あの、ひょっとして。……ものすごくここ、敏感？」

答えはない。けれどゆであがったような顔を枕に隠してしまったことで、自ずと知れた。ごくりと灰汁島の喉が鳴る。

いままでかたくななくらい、この手の事前準備をさせてくれたことはなかった。面倒だからとか、手間をかけるのがいやだとか、それこそ理由はいろいろ言われた。じっさいかなり、相手に負担もかけるセンシティブな行為だから、譲ってきた。

「ぜ、ぜんぶがうそ、じゃないけど、せんせ、に、そ、そんなこと、させるの……」

「うん、疑ってないよ」

ただ、とんでもなく過敏な場所だ。濡れてなめらかにしていてもなお、瓜生の感度はよかった。それがまだ整いきらず、ローションという皮膜を作れない状態でじかにふれれば、きっと灰汁島のざらついた皮膚や、指紋までも感じ取れてしまうのではないか。

「……あっ、あっ、や、ちゃんと、濡らして」

「濡らしてる」

「嘘、それ違う、それ、い、いや、そこすったら、や」

あえてローションを足さないまま、ほころびはじめている口の部分と周囲をゆっくり撫でさすった。瓜生はそのたびに腰を持ちあげて、やだ、やだ、とかぶりを振る頭とは真逆のおねだりを身体で表現してしまっている。

「このままいれたら痛い？」

「い、痛いよ、だめ、い、いた……っぁ、んん、んー……！」

ほんの指先だけをしのばせる。たしかにきつい。けれど、とても言葉どおりとは思えない表情で、とろけたような喉声をあげた瓜生が、がくんと腰を跳ねさせ、両足をだらしないくらいに開いている。

「ああ、動かすのは無理かな」

「だめ、だめって、言ってるのに……っ」

「ちゃんと濡らすから」

じたばたと暴れるおかげで、バスローブはとっくにほどけてしまっている。そしてあらわになった胸は色づき、愛らしい乳首はぴんと硬く凝っていた。

なにより、灰汁島が指をいれたその手前、まだ愛撫《あいぶ》もされていない彼のペニスは、頭をもたげ、しっとりとして、はやくも先端から雫《しずく》をしたたらせはじめている。

（相変わらず、きれいな身体だ）

本当によくできている。作り物じみた完璧さがあると思うのに、灰汁島が軽くそれにキスをしただけで腰をよじり、顔をくしゃくしゃにして瓜生が泣き出してしまう。

かわいい。

「も……やっだ、はやく、濡らして、ちゃんとして」

「するよ、いっぱい」

「違う、準備、じゅんびだけって、それ、あ、な、なめながらいれるの、だめ……っ」

だめと言われても聞ける話ではない。あとからあとからこぼしているのは瓜生のほうだし、それはとてももったいないないし、指をいれたところもどんどん、吸いつくようにもだえていて離しがたい。

「きつくて動かせないね」

「だ、だからぁ……っ、ひ、んっ！」

ローションのボトルを逆さにし、指をいれたまま掌側にぶちまける。どろりとした粘性の液体は冷たかったのだろう、びくっとした瓜生のそれがすこしちいさくなってしまった。

「ごめん、冷たかったよね」

「は、はあ、はっ……い、いいから、も、もういい、も……っ」

「よくない、これから」

「んん、んんん、んんん！」

指に沿って流れてきた液体を、押しこむようにして塗りこめる。第一関節、第二関節、つけ根まで行ったら逆をたどる。狭くてひっかかる感覚はまだあって、はやる気持ちをおさえながらまた、濡らす。

いれて、濡らして、抜いて、時々ゆらして、こすって、また抜く。全身で震えながらこらえている瓜生が愛しくてたまらなくて、さきほどペニスに口をつけたばかりだったけれど、うっかりそのままキスをしてしまった。

ちょっと怒った顔をした瓜生だけれど、しかたない、というように眉をさげて、たっぷりの唾液であまい口のなかで遊ばせてくれる。

ここと同じくらいに濡れたらいいよ、と言われている気がした。もうだいぶつらくて余裕がない。はやくつながりたいなあと思う。瓜生のなかに含ませた指はもう三本目になっていて、だいぶスムーズに抜き差しできるようになっている。

「ああ、ああ、んんん、あっ」

「痛くない？　平気？」

「いたっ……くは、ないけど、平気じゃ、ないぃ……っ」

鼻の頭を真っ赤にして、瓜生が首筋にしがみついてくる。その腰はずっと動いていて、前後に、左右に揺れながら、灰汁島の手から逃げたがっている。主に、内部にある一点をかすめたときにもっとも腰を引くので、思い立ってそこを重点的にいじってみた。

「……これ、いい？」

「やぁああっ、あああぁ！」

ぐんっと、背骨がどうにかなるのではないかというほどに腰をそらした瓜生が悲鳴をあげる。耳元で叫ばれたのでちょっと耳が痛い。けれどそれ以上に興奮していて、どうしようもない。

（しまったなあ）

　さきに、ゴムをつけておくべきだった。こうもしがみつかれては届かない。一度離れるべきかと思案した灰汁島の考えを読んだように、瓜生が言う。

「い……よ、して、そのまま、きて」

「え、でも」

「いい、も……っ、もう、だめ、待てない、おかしくなる」

　早く、と涙目の恋人にねだられて、あらがえるほど灰汁島は強くない。

　セーフセックス、という単語がガンガン頭をよぎるけれども、一度だけ、と誘惑に屈した。

「あ、うわっ……」

「んんん……！」

　ぞりぞりと神経をこすられるような快感に、背筋がざっと総毛立つ。瓜生はと見れば、目を見開いたままぱくぱくと口を開閉させているし、重なった腹にはひどく重たい濡れた感触。

「……いれただけで、いったの？」

「しゃべ、しゃべんない、で……」

　正確には、まだいき続けている最中のようだった。こんなにはやく、と灰汁島は驚く。反応が違いすぎて、だいじょうぶなのかと心配になる。

「ごめん、でもまだ、半分も」

「うぁやだ動かないでっ……えっ？　なんで？　おっきい？」

「イサくんがきついんですよ」

たぶん彼ほど入念に準備してやれていない。すこし濡れが足りないところがあって、それがひっかかりになってしまっている。

怪我をさせるほどではない、ほんのわずかな不足。おかげで摩擦が、お互いを苛む。

「ぬらし、ながら、いれる、から」

「やだ、あぅ、あ、あ、……あっ、あっ！」

結合部近くへまたローションを流し、灰汁島のそれそのもので押しこむようにして濡らしていく。次第になめらかになってくる抜き差しは、だがそれまでに散々こすられ、刺激されて過敏になってしまった瓜生の内部には、とんでもないことだったらしい。

「やああっ、あっ、またいく、またっ」

「え、もう？」

「ひ、ひどい、しないで、ばかっ……！」

こんなに泣くほど感じて、いや、いや、と灰汁島の胸を押し返そうとする瓜生などははじめてだった。どうしていいのかわからず身体を引けば、しかし「やだ」とすがってくるのもまた、瓜生だ。

「ぎゅっと、して、しててぇ……っ」

「やだばか、おっきいのもう、しないでっ」

「いやそんな言われても」

ぎゅうぎゅうに抱きしめて、腰に足まで絡めてずっと振っているのはもう、瓜生のほうなのだ。灰汁島はうながされるように身体を動かすしかなくて、ひどいひどいと泣かれながら、もっと泣かせる羽目になる。

「ごめん、ごめんねイサくん、気持ちいい？」

「うう——……ばか……いい……っ」

しがみつかれているから大きくは動けない。だから小刻みに身体を揺らして、つながったぜんぶで彼のなかをあやし、すり混ぜるみたいになかをすべて灰汁島で撫でてやる。びくり、びくりと不規則に跳ねる身体が、しっとりと汗で濡れて密着してくる。

気持ちのいい肌。気持ちのいい声。熱炉のような彼のなかは、気持ちいいどころじゃない。

「やばい、いっちゃい、そう」

「ん……っ、ん、ん」

もう何度も埒《らち》をあけている瓜生が、のろのろとうなずく。いいよ、と言われてもさすがになかではまずい気がする。しかし、両手足を使って絡みついてくる、いわゆるだいしゅきホールド状態の瓜生は、ちっとも腰を引かせてくれない。

「ねえ、イサくん、で、でちゃうよ」

「んっく！　……んん、んん……っ」

離して、とささやいたら、また瓜生が達してしまった。なにに反応したのかは同性なのでちょっとわかる。わかるが、しかし、これはいかがなものだろうか。

「ね、なかだし、だめでしょう？」

「らめじゃない、も……っほしい……っ」

「ああもうあざとい、ほんっとあざと……あ、わ、ああ、あっ」

そうしてけっきょく灰汁島は瓜生のなかに負けてしまった。その間中、いや一度終わってしまっても、うっとりかわいくあえぎ続ける瓜生の身体はまったく灰汁島を離してくれず、ちゅうちゅうと吸いつくようになかで揉みこまれてしまえば、終わるものも終われない。

（ほんとにたちが悪い……っ）

脳内で叫ぶも、けっきょくは本能に負けた自分が悪いことは、灰汁島も自覚している。

結果、お互い腰が立たなくなる寸前まで夢中になってしまい、それでもどうにか、瓜生の身体にわかりやすく痕を残さなかった自分を、灰汁島はひっそりと、褒めた。

＊　＊　＊

「――はいカット！　お疲れ様でした！」

セットの周囲を囲んだスタッフたちから、わっと声があがる。端のほうにいた灰汁島もまた、精一杯の拍手をした。

「これにて、すべての撮影が終了です！　ありがとうございました……！」

ドラマのクランクアップに立ち会い、最後のカットを録り終えたこの瞬間、ようやく終わったな、とひたすらほっとしている。

「お疲れ様でした、灰汁島さん」

「早坂さんも、お疲れです」

八郷から、現場を見に来てほしいと言われていると早坂を通して連絡があった際、例の話しあいの顚末《てんまつ》を知らなかった早坂はひたすら困惑していた。

――なんかこの間の瓜生さんの舞台で、和解したっぽいって話はネットに流れてたけど、マジだったんですねえ。

あの日狙ったとおり、瓜生の最新作上演時に、灰汁島と水地、八郷で観劇し、舞台裏まで訪れたことは、ちょっとした話題になっていた。

大事にしないために黙っていたが、じつは――と打ち明ければ「なんだか逆にお気遣いすみません」と、早坂のほうが落ちこんでいた。

――そこを根回しするのもおれの仕事の一環ではあるんですが……。

とはいえことは場外乱闘、公式を巻きこむと本当に大事になるため、内々でどうにかしたかったと言えば、理解はしてくれた。

――でも一応相談してくださいよね。うちの仕事でもあるんですから。

ちょっとだけ説教をされた程度ですまされたのは、結果オーライだったからだろう。

「せんせーっ！」

ぶんぶんと、セットのなかから八郷が手を振っている。さきほどまで零ヶ浦宇良そのものだった彼は、カットの声とともに本当に素の状態に戻ったらしい。

しかしヘアスタイルと衣装は零ヶ浦のまま、それで全開の笑顔を浮かべられると、違和感がすごかった。

（ほんとに、芝居がハネたら終わりになるんだなあ……）

憑依《ひょうい》していたものが抜けきった八郷は、いままで以上に子どもっぽい雰囲気になる。芝居というものを取り払った彼は、けっきょくこの天衣無縫さが素なのだろう。

「終わったよ！　どうだった⁉」

「すごくよかったですよ」

「それじゃわかんねえよ、具体的には⁉」

「ぐいぐい来ますねえ……ぼくもきみもしゃべるのヘタなんだから、あとでメールしますよ」

苦笑しつつも相手をする灰汁島に、同じくセットから衣装のままやってきた水地に「こら」と軽く頭を小突かれた。

「八郷、先生がやさしいからって、図々しくするのはやめなさい」

頭をさすりながら「ええ……」と恨みがましく水地を睨む。灰汁島は苦笑した。

「あはは、だいじょうぶですよ」

「ほらぁ、先生いいって言ってるじゃん」

「いや、よくないだろう……」

しわの寄った眉間をほぐすように、水地がきれいな指を額にあてている。なにげない仕種《しぐさ》だが、本当に絵になるひとだ。

むくれたような顔をする八郷も、だいぶ変わったと思う。水地のまえにいても一時期よりずいぶんと楽そうに見える。

「……歯、うまくいってますか」

そっと問いかける灰汁島に、八郷は大きくうなずいた。

「あ、はい。おかげさまで。……歯医者紹介してくれて、ありがとう」

「紹介したのはイサくん……瓜生さんだから」

「うん、でも、きっかけは先生だから」

にこりと笑う彼は、初対面からのあの無愛想ぶりが嘘のようにあかるくなった。

「いまの矯正はマウスピースでやってるから、芝居のときはつけなくていいのも助かる」

八郷の滑舌の悪さの一因である歯列矯正は、まえの事務所で強制的にやらされたことだったらしい。

――べつにあれで困ってなかったのに。あれから台詞、まえは言えたのも言えなくなった。

ものすごく不服そうに言っていた八郷は、本来ならできたことができなくなるということが、本気で悔しかったし、怖かったのだという。まえの事務所から抜けたのも、それらのことを理解してもらえなかったことが理由のひとつだそうだ。

きっとほかにもたくさんの要因はあったのだろうけれど、いまの八郷はのびのびとして見えるので、灰汁島としてはよかったと思う。

――言いたいこと、言葉になるまで待ってほしいのに、待ってもらえなかった。

ぽつりと言われたそれが、すこしわかる気がした。

言葉というものは、自分の感情すべてを表せるようなものではない。むしろ重ねれば重ねるほどに、本意や真意からずれていくこともあると、言葉を使う仕事だからこそ灰汁島は痛感している。

だからこそ、この不器用な役者の理解者がひとりでも増えることを、いまは素直に祈る。

「ブリッジじゃないんだ。マウスピース型って、つけはずしできるんですか」

「そう。ほら、ないでしょ」

八郷が口の端に指をいれ、いっと歯を見せつけてくる。ふたたび水地が頭を小突いた。

「見せなくていい！」

「いちいちぶたなくていい！」

「言っても聞かないからだろう！」

叱りつける水地は、もうすっかり八郷の保護者として定着してしまっている。周囲も苦笑いで見守っていて、この光景はあたたかい。

（よかった）

生来のリーダー気質で面倒見のいい彼は、きっちりとひとを叱れるし、簡単にはひとを見捨てない情と懐の深さがある。

八郷の自由さに最初は持て余していたようだが、ようやく噛みあいだした関係に、このまいろいろうまくいってくれればいいな、と灰汁島は思う。

「……例の事務所ですけど、公取がはいったそうです」

ぽつり、と水地が言った。八郷の不可解なまでに執拗《しつよう》な悪評を調べていくうちに、やはりなにがしかのいやがらせがおこなわれていたことが公になり、事務所としてその事実を公表、真っ向から抗議したそうだ。

「平和になりそうですか？」

「まあ、一筋縄ではいきませんが、多少風向きが変われればあれも自由になれるかなと。……幸い、おれも芸歴だけは長いので、いろいろとツテもありますから」

ふ、と目を細めた水地は、有象無象のうごめく芸能界で長く生き残ってきただけはある、したたかな表情をにじませていた。

「……ぼく、そのうち水地さんモデルで、ピカレスクロマンとか書いてみたいです」

「えっ、悪役ですか？　楽しみですが、こわいな」

ははは、と笑うベテランは、相変わらずノーブルな雰囲気で、腹が読めない。けれどこのひともまた、灰汁島のつながった輪のなかにいるのだと思う。

天才肌の役者も、きっとそうだ。これからも無自覚にどたばたと、ハプニングを起こしてくれる気はしている。

面倒くさいが、嫌いではない。ただ——少々、引っかかりはある。

「ねえ、せんせ。ところできょうは、瓜生衣沙は来ないの？」

「え、逆になんで来ると思うの？」

「なんだ、来ないのか」

八郷は、最近顔をあわせればことあるごとにこれだった。あの日一度として自分を叱らず、理解してくれていた瓜生に、ずいぶんとなついているらしい。

「いや、そもそもこの現場に、彼関係ないし」

「こないだのアレも関係なかったけど来たじゃん」

「それは、だから……ええと、水地さん？」

「……うーん。あはは」

ごめん、というように顔のまえで手を立てられた。拝まれてもどうしようもない。

（しかし、どうしたものか）

なんだかよくわからないが、あまり八郷と瓜生を会わせたくない。ちょっと厄介ななつかれかたをしてしまった気がする。深掘りされれば、いらぬところまで押しかけてきそうな気配もある。

平和なデートが阻害されそうな未来を予想し、灰汁島は顔をしかめた。

「そうだ、早坂さん……」

頼ってくれと言われたのだから、担当にすがろうと首をまわし、そして目を瞠る。

「……っていないし！」

問題がなさそうだと察するや放っておかれる。その見極めはさすがだと思いつつ、こういうときこそどうにかしてほしいものなのだが。

「ねえねえねえって。先生。瓜生衣沙いつ会えるの？　打ち上げ来る？」

「来ませんってば。ていうかきみほんとぐいぐい来るね⁉」

「んぐっ……ふ、ふふ」

声を裏返した灰汁島に、水地が耐えきれず笑いだす。意外とこのひとも笑いの沸点が低かったらしい。

「笑ってないで助けてくださいよ！」

「いやほんと、ごめん。そうなった八郷は御せないんだ……ねえ監督」

「うん。まじで御せない。先生、すまん」

いつの間にかやってきていた吉兆までが、うんうんと神妙な顔でうなずいている。

「保護者の方々、ちゃんと御してください⁉」

灰汁島セイは長いこと、ぼっちで陰キャのオタク作家のはずだった。そうしてひとり、孤独に文章だけを友人として、届くか届かないかもわからないままに、こねこねと言葉をこねまわした言葉を世界に発表していただけだった。

なのに、いつの間にやら周囲にひとが集まっていて、そしていちばん助けてほしい相手はいま、この場にいない。

「ねーってば！　ねえ！」

ひとまずはこの駄々っ子をどうしたらいいだろう。

脳内の瓜生に「タスケテ」と念を送りつつ、灰汁島は天を仰ぐ。

その口元はしかし、ほんのすこしばかり、笑っていた。

夜の灰汁島くん

好きなひとの部屋に招かれる。しかも恋人になってまだ日が浅い、そんな相手の部屋に。

などというトキメキイベントがわが身に降りかかるなど、想定すらしていなかった灰汁島《あくしま》セイ、三十路《みそじ》、脱童貞したばかりのライトノベル作家は、緊張のピークに達していた。

「えと、散らかってるけど」

「イエ、ソンナコトナイデス」

「先生、なんでカタカナでしゃべってんの」

もお、と笑う彼氏は瓜生衣沙《うりゅういさ》。声優、兼、二・五次元系舞台をメイン活動とする俳優であり、最近ではテレビでお茶の間にもじわじわ知名度をあげている、人気芸能人だ。

灰汁島の勝手な想像で、芸能人という人種は都内の一等地だとか、神奈川、それも湘南のオシャレタウン、そしてコンシェルジュもいてセキュリティもガチガチなマンションとかに住んでいるのだと思いこんでいた。

だが、いざ足を運んだ恋人の住む街は、都内でもとくに家賃が安い、どちらかと言えば下町よりの、これといった特徴のない住宅地。そして頑健そうではあるし、外観はきれいにされているけれど、築年数がけっこうな古い賃貸マンション。

「エレベーターもなくて、疲れませんでした？」

「あ、三階くらいまでならべつに……」

ならよかった、と笑う瓜生には言えないが、それもここ数年、筋トレで頑張った成果だ。いろいろと落ちまくっていた時期の灰汁島はかつてのあだ名である『ガイコツ』の名の通り、筋肉もろくになかったので、駅の階段を上り下りするだけでも息を切らしていた。

（体力つけててよかった、ほんと）

まさか初カレの自宅訪問で息も絶え絶えになるわけにいかない。こっそりとガッツポーズをすれば、「こちらどうぞ」とさきに行った瓜生が招いてくれる。

「わ、けっこう広い……」

「へへ、間取りと防音にだけはこだわったので！」

部屋のなかは、意外にさっぱりしていた。全体にモノトーンでまとめた家具。広めの2LDKという、間取りだけ言えば灰汁島と同じだけれど、リビングと寝室の仕切りになる引き戸をはずしてひとつなぎにしてあるため、開放感が違う。

寝室にあたる空間には目隠しのパーティションが置かれているけれども、空間を区切った印象はない。そもそもの部屋自体もおそらく十畳以上と広めの造りだろう。

「うちの倍くらいありそう」

しみじみ言って眺めると「できるだけそう見えるように、壁面収納うまく使ってます」と瓜生は笑った。

「でも駐車場つきのとこにしたんで、ちょっと駅から遠いんすよね。ごめんね、歩かせて」

「いや、バス停からはすぐでわかりやすかったし」

大丈夫、と灰汁島は手を振ってみせる。

寂れがちの商店街とコンビニが数軒あるのみで、買い物には少々不便だという。

ＪＲの駅は遠いが私鉄の快速が通っていて、新幹線のターミナル駅や空港までの直通便があるため、各地での公演に出ることが多い瓜生の決め手になったのだそうだ。

「車あるのに、やっぱり電車便利？」

「渋滞ハマることとか考えると、時間厳守の場合はやっぱしね」

自身は免許すら持っていないので、自動車移動の事情はさっぱりわからない。なるほど……と思いつつ、広い部屋のなかでもどうしても目が行ってしまう、壁面にあるものへ、おずおずと指を向けた。

「あのところで、それは、もしや」

「あ、えへへ。やっぱ目立ちますか」

日当たりのよい広々とした空間のなかで、唯一端っこに、極力日が当たらないような角度で据えられた、大きな木製の棚。目隠しするようにロールスクリーンがついているこれは、おそらくデザインから発注したものではないだろうか。

「先日完成した、おれのお宝本棚です！」

じゃーん、と言わんばかりに側面のチェーンを引くと、するりと布があがっていく。そして現れたのは——案の定、灰汁島の著書に関連グッズ、発売されたばかりのアニメのＤＶＤとブルーレイ。そして開発中のはずの、キャラクターフィギュア。

「……ほんとに作っちゃったんだ、祭壇……そして見事に……何冊ずつあるのコレ……」

「読む用、保存用、コレクション用に、サイン本、あとなにかのときの予備です！」

「え、でも電書も買ったんじゃないっけ。読む用いるの？」

思わず口にすれば「紙で読むのと電書で読むのはレイアウトが違うので！」と拳を握って答えられ「そっかあ」と灰汁島はうっすら笑った。

保存とコレクションがどう違うのか、なにかのときってなんだろう。きっちりと年代順に並べられ、カバーをトレーシングペーパーやグラシン紙で巻いたうえ、透明なブックカバーをかけてある自著を、灰汁島は遠い目になりながら眺めた。

「遮光の布でロールカーテンつけたけど、どうしても隙間から入るかもなので、窓には紫外線カットフィルム貼ってます！」

「……そっかあ……」

ものすごくいい笑顔で言いきられた。本当に瓜生のこういうところは、いまだにどうしていいのかわからない。

「とりあえず今度、サイン本ないので欲しいのあれば……言ってくれたら書くよ」

「えっ……？」

なんの気なしに言えば、瓜生はきれいな眉を寄せる。灰汁島はどきりとした。

「そういうこと軽く言わないでください、困りますよ？」

「あっごめん、よけいなお世話――」

「だって先生、関連本とかコミカライズあわせると五十八冊もあるでしょう。全部にサインとか大変じゃないです？」

「――ソウダネ、ウン」

困る、のは、灰汁島のほうだったらしい。小説の文庫や単行本はともかく、コミカライズや企画本などについての冊数までは把握し切れておらず、遠い目になってしまった。

「それにおれも、いませっかく他の本もコンテナに預けてこのバランスとったのに……あとはDVDもブルーレイもまだ全巻出てないから、隙間あるけど……」

「え、あの訊いていい？　内容一緒なのになんでBDとDVDを両方買うの」

「なに言ってるんですか、特典が店舗ごとに違うじゃないですか！」

「あっごめんなさい」

いや、主演声優なのだから、それは言えばもらえるのでは、と思ったけれど、瓜生はとにかく「買い支えたい」タイプのファンであるらしく、この手のことで口を出しても無駄だ。

そして灰汁島が自分の献本ほかを譲ろうかと言えば「それはそれで保管して神棚に」と崇《あが》めてしまうことが多いので、最近はよほど欲しがられるもの以外については控えることにしている。

（ありがたいけど、やっぱり引く……）

熱心で、目をきらきらさせて熱く語ってくれて、本当にすごく嬉《うれ》しい。だが反面、いたたまれなくもあるのは相変わらずだ。

「あ……そうだ。あのこれ、つまらないものですが」

どうにか話題を変えたい灰汁島は、いまのいままでうっかりしていた手土産を差しだした。うっとりと本棚を眺めていた瓜生は振り返り、ぱっと目を見開く。

「えっ、いいのに。なに？」

シンプルで、店のロゴもなにもない紙袋。中身にはこれも素朴な無地のボックスのみ。いそいそ受けとって覗《のぞ》きこんだ瓜生は、それでも嬉しそうな顔をする。

「うみねこ亭で最近売り出した、テイクアウトのクッキーとパウンドケーキ」

「マジすか！　神！　あれ、前にいったときはサービス品でしたよね。おいしかったんでまた食べたかったんだ……！」

ぱあっと、きれいな顔が輝いた。本当になんというのか、芸能人だからあたりまえなのだが、瓜生はしみじみと、顔がいい。

この、飾りもひねりもない流行語が出はじめたとき、灰汁島は「まんますぎじゃん」とあきれた。しかしことの本質だけをあらわにしているなと、瓜生を見て本当に思う。

顔が、いい。

「あとえっと、コーヒーも持ってきました」

ぼうっと見惚《みと》れそうな自分を誤魔化すように、灰汁島は別の袋から、これも『うみねこ亭』で挽《ひ》いてもらってきたコーヒー豆を取りだす。瓜生は嬉しそうに笑った。

「あっ、おれもあの、ドリッパーとか用意してみました。先生来てから開けようと」

「……先生?」

「あー、えー、セイさん……」

いいけど、と苦笑しつつ、毎度訂正するたび照れるのがかわいい。にやける口元を誤魔化すために無意味な咳《せき》払いをしつつ「どれ?」と問いかける。

「あっこれ、通販サイトでいろいろ見比べて、デザインかわいかったんで」

「ブリューワースタンドセット……なるほど」

瓜生がテーブルに置いたまま、いまだ未開封のボックスにある説明を読む。ごくシンプルなガラス製のサーバーと、いささか無骨な鋳物のドリッパーをスタンドで組み合わせるタイプらしい。

「じゃ、早速淹《い》れましょうか」

「はいっ」

本日のおうちデートは、瓜生の自宅でおいしいコーヒータイム、というテーマだった。ちなみに言えば、本格的につきあってからのデートはようやく二度目。

「んじゃ、いっぺん道具類洗っちゃいますね」

「あ、それはぼくがやるので……お湯沸かして、カップとかお皿お願いしていいかな」

「そっか、はい！　じゃあお任せします」

手持ち無沙汰《ぶさた》になるのも困ると、自ら作業をしようとすると、にっこり笑った瓜生が承諾してくれた。

電気式だが、保温タイプではないケトルに水をいれ、沸かす。幸いというかおそらくこの日を意識してだろう、どう見ても新品の、口の細長いタイプのケトルはコーヒーを淹れるのに向いている。

「お皿これでいいですかね」

「うん、じゃあケーキ……あ、たしかクリームも添えてあったと思います」

「ですね、じゃあ盛りつけますよ」

「お願いします」

すっきりしたキッチンテーブルに並び、それぞれが作業をする。灰汁島の家のそれと比べて大きめのシンク。調味料ラックには、基本の砂糖や塩、胡椒《こしょう》だけでなく、オレガノやターメリック、ナツメグなど、様々な瓶が並んでいる。

「……イサくんって料理するひと？」

「あ、たまに。毎日はさすがに無理ですけど、気が向くと変に凝ったもん作りたくなっちゃうんですよ」

「へえ……あ、お湯沸いた。ごめんこれ拭くのある？」

「あっはい、これふきん、あとキッチンペーパーこれで」

慣れない台所で、隣にいるパートナーにいろいろ訊きつつ、はじめての道具にコーヒーフィルターをセットする。

「うまく淹れられるといいんだけど……」

自宅のコーヒーセットであれば、もはや無意識レベルで淹れる自信はあるけれど。どぎまぎしつつ、ふたり分の粉をブルーワーに盛り、少量のお湯で蒸らしたあと、ゆっくりと抽出していく。

横からそわそわと覗きこんでいた瓜生が、目を閉じて鼻をくんと鳴らした。

「んー、いいにおい。おれコーヒーって淹れたてのこの瞬間のにおいが一番おいしい気がする」

「はは、わかる」

酸味のある爽やかさ、深いコクの味わい。味覚で感じるうまさも無論あるけれど、挽き立ての豆から漂うコーヒー独特の香気は、なににも代えがたい。

湯を注ぎおわり、灰汁島がほころんだ顔のままに隣の瓜生へと目をやれば、うっとりした顔で香りを楽しんでいた。

角部屋であることを利用して、台所には明かり取りの小窓がある。そこから差す光が、透けるような瓜生の肌をさらに輝かせていた。伏せた睫毛《まつげ》の長さと、それによって落ちる影、通った鼻筋に薄い唇。すべてが、まるで計算されたかのようなうつくしさで胸を打つ。

(ああ、……このひとはほんとうに、きれいだ)

どくりと、灰汁島の心臓が激しく波打った。かすかに手が震え、まだ持ったままだったケトルの湯が内部で跳ねたのを感触で知り、はっとなる。

「っと、あとは落ちきればOKだから」

「ふふ、はい。じゃあケーキだけ運んでおきますね」

よろしくとうなずいて、震える手がばれないようにそっと、テーブルにもどす。

春めいてきた気候にあわせてか、瓜生の服はエアリーなロングニットとスキニーという、ジェンダーレスなものだった。

(いつもと、ちょっと雰囲気違うな。部屋着だからかな)

襟刳りも大きく、細い肩をはみ出させるようなオーバーサイズのニットをカットソーのうえからふんわり着ている。

膝から下は相変わらずすらっとして、スリッパとの境にちらっと見える足首は、細く白い。髪もとくにセットはしていないはずなのに、きょうもつやつやでまぶしい。

灰汁島も、さすがにジャージとはいかず、瓜生の見立ててくれたシャツにチノパン、ロングカーデという出《い》で立ちだが、こちらは本当に普段着感が強い。

「その服、やっぱ似合ってますね！」

「いや……まあ、うん。ありがとう」

オシャレでかわいい恋人に先に褒められてしまって、もごもごと灰汁島は口ごもった。

いままで生きてきて、特に自分を面食いだと思ったことはない。

そもそも恋愛感情とほど遠い人生を送ってきた灰汁島だ。それは例えば二次元のキャラクターでも同じで、入れこむのは性格や行動によって見える内面の性質に惹《ひ》かれたものが多かった。

見場がすこし変わっただけで他人の態度が激変した経験からも、ルッキズムについてはいささか嫌悪感を持ってすらいたと思う。

だというのに、瓜生の顔がもうとにかく好きなのだから、恋というのはおそろしい。

（いやだって、ほんとにきれいだしかわいいし、顔、いいし）

もちろん瓜生が好きなのは、顔だけではないのだけれども。ちらりと目をやったのは、いまはカーテンの奥に隠されている『灰汁島祭壇』。

（男は惚《ほ》れられると弱いって言うし……）

ウダウダとなぜか自分に言い訳をしつつ、コーヒーを淹れおわったのを見てとる。湯をいれて温めてあったマグカップから湯をこぼし、サーバーからゆっくりと注ぐ。

「はいったよ」

「ありがとう！　って、今日の豆なんですか？」

「今回のは店長のブレンド。クッキーとケーキにあうようにって」

センスのいい、素朴な風合いのケーキ皿とカップはセットになっていた。「こっちにどうぞ」と言われるまま、カップをひとつ瓜生に手渡し、自分も腰掛けた。

「いただきまぁす。……ん、おいしい！　コクがあっていい」

「あまいのと一緒に是非、だって」

「なるほど？」

お勧めならば、と瓜生は軽く舌なめずりをして、クリームを盛ったケーキをひとくち。おおきな目が「ん！」と見開かれ、それだけでも充分おいしかったとわかる。

「えっすご……コーヒーの味わい変わる、すご！　セイさんも食べて飲んで」

「アハハ、はい」

瓜生ほどいいリアクションができるかなと思いつつ、こちらはクッキーをつまむ。見た目のとおり、よけいな雑味のない、けれどシンプルだからこそおいしいバタークッキーを咀《そ》嚼《しゃく》し、後味が残っている状態でコーヒーを。

「……っわ、これは、なるほど」

「ね～！　やっぱり店長さんすごい」

嬉しそうにサクサクとクッキーを食べる瓜生に、灰汁島はほっこりした。同時に、それでもいまだなんとなくそわそわとしたままの自分の俗物さに、ちょっとだけ情けなくなる。

「あ、ついちゃった……」

口の端についたクリームを、親指で拭ってぺろりと舐《な》める。その仕種は案外と男っぽく、そのくせものすごく色気があって、灰汁島は口に含んだコーヒーを、『ぎょくん』と変なふうな音を立てて飲みこむ羽目になった。

「先生？　どしたの？」

「えっあ～……いや、なんでもない。ちょ、ちょっとクッキーむせかけた」

「あはは、サクサクだけど粉っぽいやつむせるよね」

先生呼びを指摘することもできないまま、灰汁島は目をそらして空咳をする。

（ほんっとこの、もう、童貞じゃないのにまだ童貞ムーヴおわらないとこがほんっと……！）

前回の逢瀬《おうせ》では色々あった灰汁島を心配してきてくれた瓜生にコーヒーを出して、そのまま、まあ、いろいろ致したわけだった。

そして——それから、およそ一カ月近く経《た》っている。

本音を言えば、期待はある。瓜生もそのあたりをわからない相手ではないから、まあ、誘ってくれたということは、そういうことなのだろうとも思う。

しかしながら。

（……自然な流れでそっちの方向に持っていくって、どうやるんだマジで……）

なにしろつい先日まで、恋人いない歴イコール年齢、立派にすぎる童貞だった灰汁島だ。あの日は勢いに任せてなだれこんでしまったからどうにかなったが、いざ、ふつうに会って話して、のんびりのほほんとコーヒータイム。

これはこれで楽しいわけで、だからこそ空気を壊したくないわけで。

（セカンドセックスむずかしい、ってよく聞くのはこれか……）

いや、きっと世の中のひとの感じる「むずかしさ」と、灰汁島の直面している「むずかしさ」は質が違うはずだ。聞きかじりの知識でおのれを納得させようとすることすら、おこがましい。

素敵な恋人ができたとて、はじめてのセックスをすませたとて、こびりついた童貞魂は変わらない。そう簡単に成長できるようなら、人間、苦労はしないのだ。

（まあでも、これはこれで）

天気もよくてあたたかい。瓜生も灰汁島も差し迫った仕事は片づけて、久々にしっかりと重なったオフ日。出かけるのは得手でない灰汁島のために提案された、『おうちカフェ』デートは、穏やかでなごやかで楽しい。

なんといっても、自然光がふわりと差しこむダイニングテーブルで、にこにこと笑いながら楽しそうに話す瓜生衣沙をひとりじめだ。

「今度はじゃあ、舞台作品が映画になるの？」

「じゃなくて、公演映像を映画館で上映するんです。ライブビューイングみたいなリアルタイムのじゃなくて、映画用に再編集したやつで」

「いろんなのがあるんだなあ……」

「それにあわせて、新規のイベントも組まれてるんで、いまは準備中っていうか」

忙しそうではあるけれど、仕事のことを話す瓜生は輝いている。仕事が好きなのだろうな、と思うし、頑張っている姿が本当にまぶしい。

贅沢《ぜいたく》だな、と幸せを嚙《か》みしめ、灰汁島はみずから淹れたコーヒーをすする。蒸らしのコツも店長に聞いてきただけあって、試飲させてもらったのとほぼ遜色のない味わいだった。

むろん、家で淹れるための配合にしてくれてはいるのだろう。さすがに、灰汁島の淹れたコーヒーがプロの味と同じになるなど傲《おご》ったことを考えてはいない。

「……あ、もうコーヒーない。もう一杯淹れようか？」

カップが空なのを見て告げれば、瓜生はしばし考えたあと「んん、おいしかったけど、充分です」と首を振った。

「あ、カフェインとりすぎよくないのかな」

気が利かなくて、と詫《わ》びようとしたとたん、「そうじゃなくて」と彼は両手を振る。

「あの、あんまり飲むとお腹たぽたぽになっちゃうし」

「そう？　そこまで量はなかったと思うけど……」

ふわりとしたセーターのおかげで、腹が膨れたほどかどうかはわからない。首をかしげた灰汁島のまえで、なぜか瓜生は赤くなる。

（え、なんだ）

「え、や、あの～……おれ、コーヒー好きなんですよ、好きなんだけど、ちょっとブラックであんまり飲むと、あとに影響することも、あって」

「影響？」

目をそらし、もぞもぞと肩を揺らしながら灰汁島は口ごもる。

「お、おなか、張っちゃうんですよね……」

「ああ、腹部膨満。酸性飲料だから、体質によって起きるって……え、お腹痛くなったりしない？　平気？」

瓜生は灰汁島と一緒のとき、いつも嬉しそうに飲んでいたから知らなかった。もしやコーヒー党のこちらにあわせて無理をしていたのか。心配で眉をさげる灰汁島に、「うう」と瓜生はうなる。

「そうじゃなくて……体調悪くなるほどじゃないです、ただちょっと、下腹ぽこっとしたりするっていうか……だから、その」

「うん？」

「は、恥ずかしいので……」

身を縮め、だんだんうつむいていった瓜生が、赤い顔のままちらり、と上目遣いにこちらを見た。

そして灰汁島はしばし、そのかわいいあざとさに息を止められ——ようやく、気づく。

恥ずかしい。なにが。おそらく見られることがだ。しかし現在の瓜生はふわふわしたセーターにくるまっていてとてもかわいい——じゃない、身体《からだ》のラインは見えない。

ならば、見えるシチュエーションとは？

「——あっ？　え、ごめ、それ、あの」

一度だけ見た、きれいに引き締まってうすく腹筋の浮いていた、白い肌が脳裏をよぎる。

動揺してガタリと椅子を鳴らせば、瓜生は両手で頭を抱え、テーブルに突っ伏していた。

「も〜……先生鈍い……」

「ごめんあの、えーっと、いや、逆に、イサくんのおうちでとか、いろいろ考えすぎるから考えないようにしていたっていうか……いやぼくなにを言ってるんだ」

今度はこちらが顔から火を噴きそうだった。そして同時に、舞いあがってもいた。ちゃんと瓜生も「それ」を意識していてくれた。嬉しかった。

じわりと掌《てのひら》に汗がにじんだ。いまだテーブルに突っ伏したままの瓜生の拳はぎゅっと握られている。力をこめすぎているから、浮いた骨が白くて、なのにセーターから覗いた首筋と、そしてちらりと見える背中は真っ赤で、ああもう、と思う。

「ふだんっぽくないなと思ったけど、あの、ひょっとしてなんだけど、……イサくん、そのセーターわりと狙いましたか」

「……だって先生、好きでしょうこういうの……」

「いつも思うけど、なんでばれるのかなあ」

特にファッションについて詳しいわけでもないため、そんな好みは言ったことはないはずだがと思いつつ、細い拳に掌をかぶせる。

「おれのファン歴舐めないでくださいって。ツイッターからインタビューから、灰汁島先生の発言、逃したことないんですからね」

「はは、こわい」

笑ってみせながら、背筋が震えるほど興奮しているのを感じた。鼓動が高鳴り、血管が拡がって、ドーパミンやエンドルフィンといった興奮物質が脳からどっとあふれてくるのを感じる。

灰汁島は瓜生の手を強く握った。びくっと震える恋人はすこしだけ年下だけれど、しっかりした大人で、きっと灰汁島などよりずっと経験も豊富で、こんな場面はいくつも経験してきたのだろうと思う。

なのにその大人なはずの瓜生は、灰汁島が不器用な手つきで手の甲を撫《な》でるだけで、身を起こし、覆いかぶさるようにして後頭部に口づけるだけで、わななくあまい息をつくのだ。

「部屋、呼んでくれたのはそういうことかなって、期待してました」

「……はい」

「けど、がっつくのもみっともないのかなとか、イサくんがその気じゃないなら、おとなしくコーヒー飲んで帰ろうって思ってました」

「帰ったら困ります。……夕飯、作り置きしてあるんです。冷蔵庫。ラザニア、仕込んであって、もうあとはオーブンで焼くだけで」

ようやく瓜生が顔をあげる。紅潮した頰《ほお》、涙目になっているのはたぶん、演技ではないだろう。

(いや、うん。芝居でもいいや)

こんなにまでして、必死に灰汁島を落とそうと頑張ってくれる相手はほかにいないのだから、瓜生にになら騙《だま》されていてもかまわない。

「じゃあ、終わったら、食べさせてもらっていいですか」

「おわ、……は、はい」

ひっそりと耳元でささやくと、ぶるっと震えた瓜生がようやく、テーブルから身体を起こす。そしてじっと見つめあったあと、どちらからともなくキスをした。

「ン、……っ」

「はぁ、あ……せん、せ」

この「先生」呼びだけは、なかなか直らないなあ、と灰汁島はぼんやり思う。まあそれもしかたがない、ほぼ十年ずっとファンでいてくれたわけで、おいそれと変わるわけでもないだろう、というのがひとつ。

(あとたぶんこれ、ぼくがちょっと興奮するから、じゃないだろうか……)

好みを知り尽くされているのはなかなかに厄介だ。そして、やっぱり、悪くない。とはいえ、してやられてばかりでは悔しいとも思う。灰汁島は、ほっそりした首のうしろに手を回し、少し強めに引きつけながら舌を使った。

「んぅ……！」

(あ、やっぱり弱い)

セックスは、あの一晩だけ。とはいえ夜通し繰り返した行為のおかげで、瓜生の好きなところは大体覚えた。というか、ことの最中は興奮しきってわけがわからなかったのだけれども、あれから何度も何度も甘美だった夜の記憶を反芻《はんすう》してはを堪能していたからだ。

自分の好きなことに関してのみ、という限定条件はつくが、灰汁島は記憶力も高いほうだし、それを分析する能力も、そして応用力もある。

「ふぁっ……ちょ、ま、って……んむっ」

耳のうしろや首筋の髪の生え際、過敏なところを指の腹でゆっくりさすりながら、薄い舌のさきを甘噛みする。唾液がたまってきたらそれごと絡めて、お互いの舌を遊ばせる。これをすると瓜生はもうヘロヘロになってしまって、ゆったりしたセーターのなかでは、あのきれいでかわいい乳首を立たせているころだろう。

「あぅ、えっ？　やだやだやだ、まだ、そこ、だめ」

「……好きだよね？」

刳《く》りの深い襟元から手をいれ、薄いカットソー越しに肩甲骨をなぞった。ニットが伸びるかもしれないと一瞬思ったが、着ている主に同じく包容力のある衣類は、なんら灰汁島の手を阻まず、拒みもしない。

びくりびくりと肌が震えて、腕に抱えこんだ身体からダイレクトに伝わってくる。

たまらない。こんなものでは、たりない。突っ伏した身体を包むように抱きしめていたけれど、脇に手をいれて身を起こさせる。

「ちょ……っ、わあっ、ちょっと！」

「……っしょ、っと」

いけるだろうかと危ぶみつつ、抱っこをするように持ちあげてみた。

「こわいこわいこわい先生こわいっ」

「あー、暴れないでね、さすがにそこまで余裕はないです」

ぴえ、と裏返った声をあげた瓜生が、両手足をつかって灰汁島の首にかじりついてくる。

お姫様抱っことはいかず、あまり格好いい抱きあげ方ではなかったが、おかげで安定した。

そうして向かうのは、この部屋に訪れてからずっと、視界からも意識からもできるだけ省こうとしていた、パーティション陰の寝室。

質のよさそうなリネンのベッドは、ダブルサイズで広々としている。そこに瓜生のちいさなお尻を乗っけて、ほっと灰汁島は息をついた。

「……ははっ、なんとか到着」

「ちょ、まじ、怖かったですって……」

ベッドにおろしても、瓜生は手足を離そうとしない。まあそれならそれでと、引っ張るように倒れこんでいく瓜生のうえに乗りあがった。

「あれ……ていうか、先生、身体鍛えた？」

ぺたりと、さほど分厚くはない灰汁島の胸に掌をあてて瓜生が首をかしげる。

「ん、まあ、毎度の筋トレは続けてるけど、少しメニュー増やした」

幸いだったのは、このところの瓜生は新作舞台を終えたばかりで体重が激減していたことだろう。そして灰汁島は彼とつきあいだしてから、筋トレメニューを倍にし、体重と筋肉量をさらに増やした。

そのおかげで、当初の対談企画が持ちあがったときにほぼなかった体重差は、現在ようやく八キロほどになっている。

「やっぱり。ていうか急に抱っこされるからびっくりした。なに？　筋力自慢？」

あはははと無邪気に笑ってみせる瓜生は、本当に心が広いなあと思う。そして同時に、この程度のことで女の子扱いされたとか、体格で負けたとか思わないでいてくれるあたりも、つくづく、男らしい。

フィジカルの強弱、セックスにおけるポジションなどに、瓜生は惑わされない。おおらかに、あるがままであれ、と自然体の等身大。それでこんなにぴかぴかしているから、本当にすごい。

「……まあ、体力維持には努めないとと思って」

「仕事、大変？」

そっと頬に触れ、眉を寄せてくる瓜生に、灰汁島はなんとなく目をそらした。

「……べつに、いまはそうでもない」

「ほんと？　あんま無理しないでくださいね」

「だいじょぶです」

ちいさく告げて、かわいいことばかり言う口を塞《ふさ》いだ。心配してくれる瓜生には悪いけれど、灰汁島がスタミナをつけねばと痛感したのは、彼と致した初体験後の疲労感によるものだ。

（うーん……）

言えないな、と思いながら、灰汁島は勝手に手を進める。ロングニットは腿《もも》のあたりまでめくれあがり、きれいなラインの脚を包んでいるのは黒いスキニーだけ。つるつるした手触りのそれを、ふくらはぎから膝、腿とゆっくり撫であげ、ずいぶん薄いなと感じた。

（あれ、これってスパッツ、それともレギンス？　足裏に引っかける紐《ひも》みたいな部分がないから、トレンカではないはず）

いささか散漫なことを考えたのはがっつきたくないがゆえの防御本能だったのかもしれない。けれど、キスを繰り返しながらの前戯がニットのなかに侵入したとき、灰汁島はそれに気づいた。

「ンッ？」

声をあげ、思わずキスを中断して目を開ける。至近距離で見た瓜生はもうすっかり頬が上気し、涙目で、もともとゆるめだったニットは完全に襟刳りが肩から落ちている。

「うわぁ、えっち」

「だからしみじみ言わないでって！」

もう、と怒って流し見てくる目つきの壮絶な色気はどうだ。ごくりと喉を鳴らし、灰汁島はそれでもさわさわと、いま指先に感じている違和感を追及することがやめられない。

「あの、イサくん」

「はぁい」

「……これ、パンツ、穿《は》いてないね」

答えず、上目遣いにふふっと笑うあたり完全にこれはわかっている。もちろん、そうでなければこの状況はないのだ。

「えっろいなあ……ほんとにもう」

「だって、こういうの先生、好きでしょ？」

言ってのろりと持ちあがった瓜生の手が、灰汁島の腿を撫でてくる。たわんだニットの袖が落ちて、引き締まった白い腕がなまめかしい。なるほど、春先なのにずいぶん重たい色の服を着ているると思った。

「ねえ、やっぱり、まさかと思うけど、たまの先生呼びって」

「ん？　それはとくに……」

きょとんとしたまま言いかけた瓜生は、次の瞬間「えっ」と目をまるくした。そしてがばりと、なんの予備動作もなく上半身を起きあがらせる。薄く見えてやっぱり腹筋がすごい。

「えっ、あ、そうなの？　それツボだったんだ？」

「……うん、黙ってね」

目をきらきらさせだした瓜生に、これ以上手管を使われてはたまらない。灰汁島はどこでどうはじけるかわからない恋人の肩をいささか——灰汁島なりに強引に——押し、黙らせた。

＊　　＊　　＊

「んぁ……っ、あっ、あっ」

どうしてこうなった、と瓜生はぼやけていく思考をどうにかつなぎあわせて考える。

部屋に招いたからにはむろん、下心も満載だった。はじめてのセックスは勢い任せの感もあったし、お互い若干心の準備もないまま、衝動的に抱きあったせいで、正直なところ後日になって、ちょっとだけ体調が微妙だった。

もちろん怪我《けが》をするようなことはなかったし、灰汁島はちゃんと丁寧に抱いてくれた。準備不足だったのに、ちょっとした腹痛と倦怠感《けんたいかん》だけで済んだのは、ひとえに灰汁島のおかげだ。

（というか、本当にあれは童貞詐欺だと思う……）

問題だったのは、『その予定がなかった』くせに、好きな男に抱かれるチャンスを逃すまいと、食らいついた瓜生のほうだ。あとさきも考えず、これで下手に体調を崩したりでもしたら、やさしい灰汁島は二度とふれてくれなくなるかもしれない。それは困る。

だからこそきょうは、約束をしてからきっちり、いろんな意味でケアして、コンディションもスケジュールもばっちりにして、挑んだデートだった。かわいくてかっこよくて大好きな、最愛の灰汁島に、今回こそは気持ちよくなってもらいたい。

あれもしてあげたい、これもしてあげたいと、そう、思っていたはずなのに——。

「ンンンッ、もう、や、も、せんせ、や、あっ」

「ん、いや？　つらいかな」

ぜいぜいしはじめた胸を、灰汁島がそっと撫でてくる。本当に軽くひと撫でしただけ、なのに瓜生は腰を跳ねあげ「ウンンッ」とあえいでしまう。視界が涙で霞《かす》んでいる。酸欠で頭がまわらない。

「つら、っていうか、待って、まってそこぐりぐりしたらだめ、だめ」

「でも好きでしょう、ここ」

「すきじゃな、アッ、だめ、つまんだ、ら、あ、ぁ、アッ」

灰汁島はかなりの長身で、そのぶん当然手が大きい。つまりは指が長い。瓜生とてそう小柄なほうではないのに、ふざけて掌を重ねてみたとき、関節ひとつぶん指の長さが違って驚いた。このしなやかな指が、瓜生の愛してやまない小説を生み出すタイピングを自在にするのだと、うっとりしたことを覚えている。

その、手が。数日前からじっくり仕込んでやわらげてあった場所を、探って、暴いて、信じられないくらいいやらしく動いて、いじめてくる。

「も……っ、もお、はい、る、てば、はいる、のにぃ……っ」

「……んー」

手間かけなくても充分いけます、と告げたとき、なんだかちょっと困った顔をした灰汁島は、黙々と瓜生のそこをいじりまわしていて、正直もう、いきそうだった。一見不器用そうに見えるのに、手先が案外器用で濃《こま》やかなのは、コーヒーの淹れ方ひとつ見ていたってわかる。だからってここで発揮されるなんて、想像もしていなかったけれど。

「イサくんはさ」

「ふぁっ!? あ、は……いっ！」

のしかかったまま、奥をこねまわしながら名を呼ばれ、声がうわずる。細身だけれど最近頑張っているという筋トレの成果はしっかり身体に表れていて、うえから覗きこまれると、本人に自覚はないだろうけれどもけっこう迫力があった。

「ぼくに、こういうことされるの、あんまり好きじゃない？」

「え……そんな、まさか」

そんなわけがない。というか瓜生は、そもそもとして好きでもないことを我慢するタチではない。

むしろ、灰汁島とエッチなことはかなり積極的にしたいと思う。ただ、いつもなぜだか先手を取られて振りまわされているので、すこしだけ気持ちがついていかないだけだ。

（先生わかってるかな……おれくらい、柔軟できてないと、男はこんなに思いっきり、脚となか開かないんだけど）

なによりこんな、裸で身体のうえに乗られて無防備に脚を開くなんて恐ろしいこと、相手を好きでもなければ怖くてできないだろう。

「泣いてるのに？」

「これは……」

体内を探るのと別の手が、そっと涙のにじんだ目尻を撫でてくる。かさついた親指。恐る恐ると言った感じで何度も、やさしく。器用なのに不器用で、臆病なのに大胆な手つき。

「気持ちいいと、おれ、涙出るから」

「そうなの？」

「うん、だから……だから、あんまり、しないで」

指でいくの、好きじゃない。一方的にいじりまわされているのも、本当は苦手で、セックスの主導権は取りたい。おそらくそれは、こういう受け身の行為をしたかつての経験から、どうしても思ってしまうことだった。

でも――。

「でも、ごめんね。ぼく、イサくんにもっとさわりたいので」

「ほぁっ⁉」

苦い記憶を噛みしめそうになったとたん、灰汁島の天然砲に吹き飛ばされた。冷えかけた心は一瞬で真っ赤に煮えて、声を裏返したのをどう受けとったのか、灰汁島はうっとりとした息をつく。どこか艶《なま》めかしくて、そのくせ雄じみた目つきに、瓜生の心臓が壊れる。

「感じてるとことか、いくとことか、見たくて……うん、その顔、ね」

「ちょっあ、あっあっ、やだやだやだそれやだっ」

くちゅくちゅくちゅくちゅ、ちょっとかわいいくらいの音が立っているのに、なかで動く指遣いはけっこうにえげつない。どこでこんな方法覚えた。いけないところをつまんだまま小刻みに震わせて、そのあとまるくちいさく撫でまわして、つつくみたいに叩《たた》いて、またつまんで。

「や、い……っちゃう、いっちゃうから、ゆび、だめ」

「……うん」

ぶるぶるとかぶりを振って、なかをいじり倒す灰汁島の手首を摑《つか》む。けれど生返事をした彼はまばたきすらせずにこちらを――瓜生のなかに含めた指と、その周辺を凝視していて、まったく聞いてないことだけがわかった。

「うんじゃなくて、だめ、だ、あ、ン、ン――……！」

ぐんっと腰を基点に身体が持ちあがった。曲げた膝がはしたなく開いて、灰汁島に向かって突きだされた股間と、滾《たぎ》ったペニス。あ、と思う間もなくその先端が、ざらっとした掌に包まれる。

「ッ……ア！　あは、あっ……あっ……」

ぷちゅ、ぷちゅ、と放出されるものが、灰汁島の掌を汚していた。粘ったそれごとこねるように先端を握られ、瓜生は勝手に流れる涙の膜越しに、好き勝手した男をにらむ。

「やだって……いった……っ」

たぶんふだんであれば、瓜生が泣いたらおろおろしてくれるはずのやさしい灰汁島は、まだ目を見開いたままで「うん」と曖昧にうなずいた。

「だから、うんって先生なんも聞いてないでしょう！」

「うん、ごめん、いれたい」

さすがに怒った声を出したのに、瓜生の精液で汚れた掌でそのまま、がくがくする脚を持ちあげられる。あげく、逃げようといざった身体は腰を摑んで引きずり戻され、さすがに瓜生も青ざめた。

「ちょっ……だから、ねえ待ってってって、おれいったばかりで」

コンドームは、はじまってすぐに灰汁島がつけていた。いざというときになってからでは絶対に失敗するからと、そのときはちょっと恥ずかしそうに照れていて、かわいくて、いっぱいキスしてあげたいな、なんて思っていたけれど。

「すごいね、ぱくぱくしてる……」

「や、うそ、う、そ……っまって、せんせい」

はあ、と息をつきながら、嬉しそうに言わないでほしい。止めようとしての呼びかけは、しかし思わず口をついて出た、呼び名のおかげで失敗した。

「だから、それわざと？」

「ちが、ほんとに待って、ほん、とに、ぃ……っあ、あ！」

無理だった。そもそも、する気満々でこの日にあわせて整えておいた身体だ。滾りきった灰汁島のそれを押しつけられたりしたら、嬉しくてすぐ開くに決まっている。それも、指で丁寧に蕩《とろ》かされていかされたあとだ、余韻も強くて、そんなの——すぐ。

「んぃ……っふ、ふぁ、はーっ、は……っ」

「あ、れ……また、いったの」

「だ、から、まって、て、言ったのに……！」

重なった腹がべっとりと汚れた。さきほどの射精は灰汁島の手に受け止められたので、二度目で少し薄いそれがいまはじけたばかりだとすぐにばれる。溝ができはじめた自らの腹筋を濡《ぬ》らしたそれを、灰汁島は指でぬぐい、なにを思ったかぺろりと舐めた。

「なにしてんですかーっ！」

「え、なんかもったいなく思えて。こないだもう口でしたし、味は知ってるし」

でもちょっと薄いかな、などと口のなかで味わうみたいに舌を動かしながら言わないでほしい。ずっと好きで、憧れの作家で、いまは誰より大事なかわいいひとで、そんな男にそんなことをされてしまったら。

「あ……イサくん？　いってる？」

「……っ、ふ……っ」

両手で顔ぜんぶを覆って、瓜生はふうふうと息を切らしていた。いまたぶん、顔も真っ赤だ。見られたくない。

「……中イキ、してる？」

「んんんっ……！」

屈《かが》みこんだ灰汁島に耳を齧《かじ》られて問われ、びく、びく、とまた腹が震えた。

（してる、いってる、なか、なかだけ……動いてもないのに）

灰汁島のものが身体のなかにある、それと意識しただけで絶頂する。そしてまだ、おわる感じがしない。そしてそういうときに、放っておいてほしいのに、そうしてくれないのが灰汁島だ。

「動いて、いい？」

「だめ……だ、めっ……めっ……て……もぉ……！」

ゆさ、ゆさ、とやさしく揺さぶって、機嫌を取るように顔のあちこちに——手の上からだけれど口づけて、肩をさすって、胸をあまくいじめて、大きな手で、腰を掴んでくる。

「だめって言ってる……！」

「うん、でも」

寄った眉間のしわにキスなんて、そんなことできるひとだっただろうか。

「このなか、ぜんぜん、いやがってない」

「～～……っ！」

今度こそきつくにらみつけて、細く見えるくせに案外広い肩を殴ってやる。着痩せするタイプだなんて聞いてなかった。そして、いつもいつもやさしくて、瓜生のぜんぶを尊重してくれるくせに、鈍くてウブで、空気が読めないくせに、こういうときばっかり的確に『だめ』の意味を読みとって、的確にいいところばっかり責めてくるなんて、想像もしてなかった。

「イサくん、気持ちいい？」

「だめっ……だめ、だめ……っ」

意味もなくかぶりを振って、泣いて、結局灰汁島の背中にしがみついた。

こんな強引なことしているくせに、触れる手も唇もあくまでふわふわとあまくて、ひとつもこちらの身体に痕をつけないやさしいひと。その代わりというように、誰にも見えない秘密の場所は、容赦なく暴いて遠慮がない。

(小説と、おんなじ)

語り口は平易で、そのくせ設定は密度の高い濃さがある。世界の終わりを好んで書いて、絶望の中に残る希望を大事に紡ぎあげる。シニカルで、ネットのキャラは自虐の陰キャ、そのくせ——たぶん本人も自覚がないけれど、案外マイペースでぶれない。

そして、案外わがままで、自分のものと思ったら、好きにしていいと思ってる。

(ぜんぶ、しってる。ずっと、見てきたから)

灰汁島が扱いを雑にするとき、それは彼の内側にはいったことを意味する。もちろんいきなり乱暴になったりはしない。ちょっとだけの勝手を、許してくれるよね、と無邪気にこちらに向けてくる。

(それが、いままでは、こんなに……こんなにおれの身体、好きにしてくれちゃって)

やさしいのに容赦なく突いてくるから、奥まで、もうすぐ崩れそうになっている。こんなに深くまで許したことなんかないのに、怖いのに、たぶんあの上目遣いで「だめかな」と言われたら、瓜生はぜんぶ明け渡すしかない。

だって、気持ちがいい。熱っぽい目つきも、揺さぶりながら穿《うが》ってくる腰つきも、自分を抱く熱い腕も胸も、全部気持ちいい。

「あ、もう、いきそう……」

「ん、ん……いって……」

ちょっと泣きそうな声であまえるみたいに肩に額をこすりつけられて、どうして抱きしめ返さないでいられるだろう。後頭部のくしゃくしゃの髪を梳《す》いて、撫でれば、嬉しそうにキスをしながら、腰を深くいれられた。

「ンン――……！」

舌を舐められながら、なかで、出される。もちろんゴムはしているから直接のそれはわからないけれど、びくびくと瓜生のなかで震える全部がいとしいから、きつく手足を絡めて全部、受け止める。

（あ、また、いった）

ずっといきっぱなしでいたけれど、灰汁島が埒《らち》をあけた瞬間、もう出るもののろくにない瓜生のペニスがずくんと疼《うず》いた。ふつうに射精するより気持ちがいいくらいで、まだ二回目のセックスなのに、もうこの身体はこのひと専用になったのか、なんてことを思った。

「は……っ、あ」

かすれた声をあげ、ぶるっと灰汁島の身体が震える。最後まで出しきったのだろう、汗だくの身体で一度だけぎゅっとこちらを抱きしめ、身を起こした。

汗に湿ったくせのある髪をかきあげ、ふう、と気だるく息をつく姿が、ものすごく艶めかしかった。たぶん、こんな色気を持っていることを、灰汁島自身が自覚していない。かつてこっそり隠し撮りし、うっかりネットにあげて炎上しかかったオフタイムの写真、あれも相当にいい顔をしていたけれど、いまの灰汁島には敵《かな》うべくもない。

「……なにしてるの、イサくん。スマホなんか」

「えっ……いや、ちょっと」

ぎくっと肩を震わせれば、まだ抜けきっていない場所を反射的に圧迫してしまったらしい。びくっと震えた灰汁島が、目を平たくしてくる。

「ハメ録りはさすがにちょっと」

「や、そんなことしないけど！」

「でも撮る気だったでしょう、いま」

「レアショットだったので……」

えへ、と笑って見せるけれど、灰汁島の目はますます細くなり、口元が酷薄につりあがる。やばいかな、と逃げを打つより早く、マウントポジションの優位さで、手首を掴んでシーツに押さえつけられた。

「カメラじゃなくて、ぼくを見てて」

「――……」

そしてまさかの、ちょっとムスっとした顔での殺し文句に、瓜生は全身を茹《ゆ》であがらせる。きゅう……とすくんだのは心臓と、そして、好きな男とつながったままの、あの場所。

「ゴム……変えて、いい？」

鼻先をこすりつけるおねだりに、否《いな》やが言えるわけもなく。
（これ、今日も負けかな……）
意外にあまえるのがお上手な恋人に、瓜生は諸手をあげて降参した。

ご無沙汰しております、崎谷はるひです。

今回は灰汁島×瓜生のこじらせ作家シリーズ最新作。三冊目にしてやっとシリーズ名つけてみました。ずっと慈英×臣シリーズのスピンオフ、と言っていたので……。

今回は灰汁島の著作がドラマになる、というお話。じつはとあるご縁で某ドラマの撮影を見学する機会があり、スタジオではなくロケでしたが、貴重な体験をさせてもらいました。そして取材その2がSCAJ。こちらもご招待チケットをいただく機会があって、執筆直前に赴きました。コーヒーコミケ大変面白かったのですが、シーンの背景としての登場だったので、すべてを書ききれず。興味を持たれた方は是非行ってみてください。ご同行&ご招待くださったYさん、ありがとうございました。

執筆中のハプニングはよくある話ですが、今回はATOKのクラッシュにコロナにと重なり、結果発行の延期となってしまいました。

そんなわけで今回も担当様をはじめ、関係各所の皆様にはご迷惑をおかけしました。ご調整感謝するとともに、深くお詫び申し上げます。

イラストの蓮川先生、今回もありがとうございました。灰汁島と瓜生、水地もすばらしかったですが、新キャラ八郷も新規イラストの店主も本当に素敵でした。シリーズ引き続きの予定ですが、今後とも宜しくお願い申し上げます。

また、お待ちいただいていた読者の皆様にも、大変申し訳ございませんでした。養生するよう、というあたたかいお言葉たくさんいただき、ひたすらに感謝です。

灰汁島のシリーズでは、トラブルはありつつもやわらかい着地点になるよう努めています。いろいろある世の中で、幸せな気分で読了いただければ幸甚に存じます。

さて崎谷は現在、公式ラインを開設しています。二週間に一度、各種情報を配信。このほかPixivFANBOXではリアルタイムで更新情報が通知され、支援者様には限定通販や先読み、ＳＳ配信などもあります。
公式ＬＩＮＥ　https://lin.ee/yRurpcK　FANBOX　https://harusakisora.fanbox.cc/
今年は久しぶりに仕事予定が活発ですし、個人的な企画も満載、是非こちらフォローやともだち登録をお願いいたします。

今年は久々に、刊行が目白押しです。来月には他社さんから、その後もルチルさんから単行本刊行予定、ほか漫画原作も複数、連載開始予定となっております。色々と頑張ってまいりますので、宜しくお願いいたします。

また次の機会でお会いできれば幸いです。読了、ありがとうございました。

✦初出　こじらせ作家の初恋と最愛…………書き下ろし
夜の灰汁島くん…………………………同人誌「夜の灰汁島くん」(2022年4月)

崎谷はるひ先生、蓮川愛先生へのお便り、本作品に関するご意見、ご感想などは
〒151-0051 東京都渋谷区千駄ヶ谷 4-9-7
幻冬舎コミックス　ルチル文庫「こじらせ作家の初恋と最愛」係まで。

幻冬舎ルチル文庫

こじらせ作家の初恋と最愛

2024年2月20日　第1刷発行

✦著者　崎谷はるひ　さきや はるひ

✦発行人　石原正康

✦発行元　株式会社 幻冬舎コミックス
〒151-0051 東京都渋谷区千駄ヶ谷 4-9-7
電話 03(5411)6431[編集]

✦発売元　株式会社 幻冬舎
〒151-0051 東京都渋谷区千駄ヶ谷 4-9-7
電話 03(5411)6222[営業]
振替 00120-8-767643

✦印刷・製本所　中央精版印刷株式会社

✦検印廃止

ISBN978-4-344-85381-2　C0193　Printed in Japan